# 捌き屋　盟友

浜　田　文　人



幻冬舎文庫

# 捌き屋

盟友

【主な登場人物】

鶴谷　康　（51）　捌き屋

木村　直人（59）　優信調査事務所　所長

藤沢　菜衣（41）　クラブ菜花　経営者

杉江　恭一（57）　東和地所　専務

水沼　寿　（65）　経営コンサルタント

山藤　省三（68）　元山藤組　組長

稲川　忠朋（43）　松井組舎弟

長尾　裕太（45）　私立探偵

白岩　光義（51）　二代目花房組　組長

朱漆の籠の中で黄色の果物が輝いている。

白い手が伸び、ひとつを摑んだ。

藤沢菜衣《ふじさわさえ》がペティナイフで皮を剝く。トレイに収まるちいさな俎板《まないた》の上で半分に切り、一センチほどの厚さにスライスした。

白磁の皿にのせ、フォークを添える。

「ことしの小夏はどうかな」

菜衣がつぶやいた。

去年は夏の長雨と日照不足が祟り、土佐特産の文旦も蜜柑も品質がおちた。生産量も出荷量も例年の半分に減ったという。小夏は初夏を告げる果物である。四月から六月にかけて市場にでまわる。

鶴谷康《つるたにこう》は薄黄色の果実を指でつまんだ。

さわやかな酸味のあとに甘みがひろがる。

「上等よ。香りは弱いが、不満を言えば罰があたる。口に入るだけありがたい」

「そうね」

菜衣がフォークを持った。ひと切れ食べて、目を細める。

幼女の顔になった。が、いつものあかるさはない。

高知の男と佐賀の女が東京で結ばれ、菜衣が生まれた。ことし四十一歳になる。土佐のいごっそうと葉隠《はがくれ》の里の女。そんなふうに連想する一瞬がある。

鶴谷は煙草をくわえ、火をつけた。

「どうした。悩みでもあるのか」

菜衣が手を止め、顔をあげた。

「晴れのち曇り……雷雨かな。きのうは美味しいコーヒー豆を売るお店を見つけたのに、きょうは歯医者さんから引退するって聞かされた。けっこうショック。歯にも人にもやさしい先生だったから」

「ご高齢か」

「もうすぐ八十歳だって。知らなかった」

菜衣が息をつく。背がまるくなった。

「縁とはそんなもんや。いつかは切れる」

「康ちゃんとも……そんなことはないよね」

「………」

鶴谷は菜衣の目を見つめた。ある。言いそうになった。

人は死ぬ。死ねば縁が切れる。あたりまえのことを言えば、ありふれた言葉が返ってくる。死んでも一緒。菜衣なら、死んでも切らないと言いそうだ。

十一年の縁になる。

熱病に憑《つ》かれたような恋は二年でおわった。菜衣が銀座に店を持つと決意したのが別れるきっかけだった。以来、身勝手で女から離れられない男と、それを受け入れる女の、奇妙な関係が続いている。

いまは盟友。己にそう言い聞かせている。男女の関係を断った直後に、鶴谷は港区白金台のマンションを二部屋購入し、真下の部屋を菜衣の名義にした。その理由を言葉にすれば己の本性を疑ってしまうだろう。

スマートフォンが鳴りだした。

鶴谷は画面の表示を見て、耳にあてた。

「鶴谷や」

《東和《とうわ》地所の杉江《すぎえ》です》あかるい声で言う。《お変わりないですか》

「変わりようがない」

《あなたらしい。ところで、お会いできませんか》

「日時を言うてくれ」

《きょうか、あすにでも》

「どっちでもかまへん。場所と時間は」

《では、きょうの七時に。店は予約の確認をしてお知らせします》

予め決めていたようなもの言いだった。

「わかった」

通話を切り、煙草をふかした。

菜衣が両肘をテーブルにのせた。顔が近づく。

「お仕事なの」

「さあ。先週の金曜、東和の杉江は菜花《なのはな》で遊んだよな」

菜衣は銀座七丁目でクラブ『菜花』を経営している。

「ええ。三人で……杉江さんなの」

鶴谷は頷いた。

菜衣は来客の様子を日記に記し、それを閻魔帳《えんまちょう》と称して鶴谷に見せる。

「康ちゃんに連絡するための布石だったのかしら」

「わからん。あのとき、俺とおまえの仲を聞かれなかった」

一度だけ『菜花』に杉江恭一《きょういち》を案内した。二年前のことだ。東和地所からの依頼を完遂し、杉江と二人で祝杯をあげた。

鶴谷は企業間に生じたトラブルを極秘裏に解決するのを生業にしている。

めずらしい稼業ではない。表にでない企業間のトラブルは日常茶飯事で、一般的には企業と縁のある企業コンサルタントがその処理にあたる。彼らは企業交渉人とか示談屋と呼ばれ、関西では捌《さば》き屋とも称される。企業コンサルタントの大半は国会議員秘書からの転身で、永田町の権力や霞が関の威光を笠に着ている。

そうした連中でも処理できないとき、鶴谷に声がかかる。

閻魔帳によれば、東和地所の杉江は月に一回の間隔で『菜花』に通っている。ホステスの誰かを気に入っているふうもなく、たのしそうに遊び、一時間ほどで去る。鶴谷を話題にすることはないという。

鶴谷は祝杯の夜以降、杉江と接触していなかった。杉江からも連絡はなかった。仕事がらみの縁は引きずらない。鶴谷の信条は杉江も理解を示した。律儀な男。鶴谷も菜衣も杉江に対しておなじ印象を抱いている。

煙草を消し、口をひらく。

「連れは何者や」

閻魔帳には杉江の名前と同伴者二名としか書いてなかった。

菜衣によれば、杉江はプライベートで遊びたいという。ひとりで来ることが多いけれど、誰かと一緒でも店で仕事の話はしないそうだ。それでも杉江が連れてきた連中で常連客になった男は何人もいる。

菜衣が目元を弛めた。想定内の質問だったか。

「帝都電鉄の方よ。専務の宮内《みやうち》さんと、都市開発部の久米部長。わたしは挨拶だけして席をはずしたけど、席にいた子の話では、三人ともリラックスしていたと……宮内専務はとなりに座った子に興味があるみたい」

「カモが増えてよかったのう」

「そうね」

菜衣が気のない声で言った。

そうした客は端《はな》から見切っているのだ。

鶴谷は腰をうかした。

「帰るの」

「ああ。調べておきたいことがある」

鶴谷はベランダへむかった。

――康ちゃんに連絡するための布石だったのかしら――

菜衣のひと言が頭にある。菜衣と話しているうちに鶴谷もそんな気がしてきた。

ベランダの端にパイプ梯子《はしご》がある。自分の部屋のベランダに丸い穴を開け、菜衣の部屋と行き来できるようにした。その理由もいまは曖昧《あいまい》である。

「康ちゃん、わたしにできることは」

「ない」

そっけなく言い、蓋を閉じた。

軽量だから下からでも簡単に開けられる。


翌朝、鶴谷は東京駅十三時発新大阪行き『のぞみ229』に乗った。

身体に酒が残っている。東和地所の杉江と麻布の割烹店で食事をし、六本木に流れた。帰宅したのは午前二時だった。たのしく遊べたのは杉江の気遣いによる。仕事の話は食事中だけで、それも持参した資料の説明でおわった。河岸を変えたあとは旧交を温めるかのように振る舞っていた。おかげで酒が進んだ。

十号車の中ほどに座り、デイパックからタブレットを取りだした。一通のメールが届いていた。第一報とある。優信《ゆうしん》調査事務所の木村《きむら》所長からだった。

仕事が早い。いつも感心する。目覚めてすぐ木村の携帯電話を鳴らした。杉江がよこした資料をファクスで送り、関連事案の調査を依頼したのだった。

捌き屋稼業は迅速で正確な情報収集が生命線である。企業がかかえる疵から個人の弱点まで、あらゆる情報を武器に、相手との交渉に臨む。

かつて木村直人《なおと》は警視庁公安部に在籍していた。二十余名いる所員の半分は警視庁出身と聞いた。経済事案や金融犯罪を熟知する面々もいるという。

鶴谷とは十五年の縁で、鶴谷が依頼を請けたあとは特別調査班を編成してくれる。現時点では東和地所の依頼を請けるか否かを判断する予備調査だが、それでも木村のやることにぬかりはない。

報告書はかなりの文字量だった。

精読し、席を離れた。喫煙ルームへむかう。

煙草を喫いつけ、ブルートゥースのイヤホンを耳に挿《さ》した。

《木村です》

「読んだ。いま話せるか」

《はい。どうぞ》

声と同時にドアが開いた。中年男が入ってきた。サラリーマンか。ネクタイが弛んでいる。気難しそうな顔をして煙草をくわえた。

気が変わった。

「夜にでもかけ直す」

通話を切り、煙草をふかした。

駿河湾の水面が銀色にきらめいている。

夏の気配を感じ、軽いめまいを覚えた。


午後三時三十三分——

鶴谷は新大阪駅のプラットホームに降り立った。

「おう、友よ」

破声《われごえ》が響き渡った。

周囲の人々が足を止めた。露骨に顔をしかめる者もいる。

鶴谷は苦笑するしかなかった。

大柄な男が近づいてくる。白いデニムパンツに赤いＶネックのセーター。めでたい身なりは見飽きた。竹馬の友の白岩光義《しらいわみつよし》。右の耳朶《じだ》の脇から口元にかけて幅一センチほどの深い溝が走っている。その古傷が開きそうだ。

白岩は二代目花房《はなぶさ》組の組長で、本家一成会《いっせいかい》の若頭補佐を務めている。

「待ちかねたぞ」

「迎えにこいとは言うてへん」

鶴谷は小声で返した。

「照れるな。以心伝心よ」

「あほか」

ずんぐりとした男が駆け寄ってくる。「鶴谷さん、おひさしぶりです」顔をくしゃくしゃにした。こちらも絵に描いたような極道面を臆面もなくさらした。花房組若頭の和田信《わだまこと》。野放図な白岩に代わり、花房組を切り盛りしている。

和田が手を伸ばした。

「お荷物を」

「いらん世話や。俺は極道やない」

やさしく言った。

「ほっとけ」白岩が和田に言う。「人の親切がわからんやつを相手にするな」

「あほらし」

言い捨て、鶴谷は歩きだした。

白岩が肩をならべる。

「昼飯は食うたか」

「東京駅で済ませた」

「ホームの立ち食い蕎麦か。かわいそうに。それなら見栄を張るな」

「はあ」

「自由席にすれば豪華な駅弁が食えたやろ」

「うるさい。喋るな」

白岩は意に介すふうもない。

「よしよし。溜まっている愚痴はなんぼでも聞いたる。で、どこへ行く。わいの事務所か。ホテルも取ったぞ」

「頼んでない」

「気にするな。酔いつぶれても担げるよう北新地のＡＮＡにした」

堂島川沿いにＡＮＡクラウンプラザホテルがある。

「酔えるかどうか、おまえ次第や」

「まかさんかい。おまえの心が晴れるんなら、何でもしたる」

ああ言えばこう言う。

が、今回は白岩を頼りにしている。東和地所の依頼を請ければ大阪に顔をむけることになる。主戦場になるかもしれない。そう思い、新幹線に乗った。

優信調査事務所の仕事ぶりはけちのつけようもないけれど、関西圏の情報は白岩に頼るほうがより精度が高いだろう。白岩は関西財界の裏事情に精通している。十八年前に上京する以前は白岩と組んで建設業界および不動産業界の捌きをやっていた。思いだせば冷や汗がでるほどの厄介な事案ばかりだった。


白岩が豪快に鈴を鳴らした。柏手を打ち、頭《こうべ》を垂れる。

北区曾根崎の露天《つゆのてん》神社、通称、お初天神に帰阪の報告をしたところである。

白岩が顔を傾ける。

「おまえ、クスクス笑《わろ》うてたやろ」

「真面目くさった顔で願掛けするからや」

お初天神は縁結びの神様として知られている。

鶴谷は歩きながら言葉をたした。

「毎日のように願かけても縁がないとは哀れやのう」

「あっちを立てればこっちが立たず。もてる男の宿命よ」

「そうですか。ところで、先代はお元気か」

「ぴんぴんされている。がん細胞のほうが音を上げたみたいや。消えてはいないが、縮こまっておとなしくしているそうな」

白岩の渡世の親である花房勝正《かつまさ》は闘病生活を続けている。心臓に近い動脈に発症したがんの摘出手術は困難で、大阪の医師に余命三か月と告げられた。花房夫妻は東京に移り住んで中央区築地の国立がん研究センター中央病院で治療を受けた。その甲斐あって一年後に帰阪し、現在は三か月ごとに同病院に通っているという。

大阪時代は鶴谷も世話になった。花房の妻にはよく面倒を見てもらった。

「あしたにでも挨拶に……」

「行かんでええ」白岩がさえぎる。「その代わり、昼飯につき合え」

「ん」

「ご夫妻をたこ竹にお連れする」

鶴谷は頬を弛めた。

天保二年創業の『たこ竹』は鮨屋だ。中央区松屋町にある。とくに鯖の棒鮨は絶品で、花房夫妻がこよなく愛している。「夫婦喧嘩も直る棒鮨よ」白岩はそう言う。何度も花房宅に鯖の棒鮨を運んだとも聞いた。

「たのしみや」

言って、鶴谷は路地へむかった。

石畳を歩く。打ち水のせいか、ひんやりとして心地よかった。行き交う人が声をかけると、白岩は笑顔で会釈していた。花房組事務所は近くにある。


あまい香りがする。

事務所の応接室に女がいた。床に膝をつき、花を活けている。

後ろ姿でも誰かはわかる。北新地で花屋を営む入江《いりえ》好子《よしこ》だ。

めったに顔を合わせないが、かれこれ三十年の縁になる。白岩を介してのことで、鶴谷はあまり会いたくない人物である。

過去の出来事が頭をよぎる。そのせいで声をかけそびれた。

「山百合か」

声を放ち、白岩が好子に近づいた。

好子が手を止め、ふりむく。

「あら」声がはずんだ。「鶴谷さん、お帰りなさい」

会うたび好子はおなじ台詞《せりふ》を口にする。満面の笑みも変わらない。

「ひさしぶりやね。好子さんも元気そうでなによりや」

鶴谷も笑顔を返した。

まるで聞いていないかのように、白岩が山百合に顔を寄せた。

「自生の花よ」好子が言う。「ことしは早く咲いたと連絡があって、きのう和歌山に行きました。山に登って、ここに飾る分だけ頂戴してきたの」

「見事や」

声を張り、顔をむけた。

「俺にふさわしい花や。凛々《りり》しくて、潔さを感じる」

「…………」

鶴谷は口をつぐんだ。

鏡を見たことがあるのか。言いかけて、やめた。

白岩の右頰の古傷は刃物で抉《えぐ》られた痕である。

だが、冗談が通じない相手ではない。好子に遠慮した。

あれは二十歳の、ひどく暑い夏の日だった。

心斎橋で好子が三人のチンピラに絡まれていた。それを目撃した白岩が助けに入った。当然のように喧嘩になり、白岩は深手を負った。

白岩と待ち合わせていた自分が遅刻しなければ、白岩は無傷で済んだ。鶴谷はその思いをいまも引きずっている。

事件直後は好子も怨んだ。好子がその時刻に心斎橋を歩かなければ、チンピラどもに絡まれなければ白岩の出番はなかった。

いまはそう思った自分を恥じている。恩義か、恋慕か。好子の胸中はわからないけれど、白岩の世話を焼く好子がいじらしい。感謝もしている。それでも、好子の顔を見れば忌まわしい出来事がよみがえる。そんな自分が腹立たしくもある。

現場を通りかかり、止めに入ったのが花房だった。それが縁で、大阪大学経済学部を卒業した白岩は花房組長と親子盃を交わした。熟慮の末の決断だったに違いない。すれ違う人が顔を背けるほどの傷を負ったのである。高が傷というのは易しい。が、人は見かけで判断する。なにより、本人が意識する。

わいは極道になる。

白岩にそう告げられたとき、鶴谷は涙を流した。反対はしなかった。翻意を促すこともなかった。白岩の人生に寄り添う。そう覚悟を決めたのだった。

「鶴谷さん」

好子の声がして、鶴谷は逸らしていた視線を戻した。

「ありがとう。ご機嫌な白岩さんをひさしぶりに見ました」

言って、好子が片づけを始めた。毎週、花を活けにくるという。

「おい、光義。へこんでたのか」

からかい、鶴谷はソファに腰をおろした。

白岩が正面に座る。

好子が去り、部屋住みの若衆がお茶を運んできた。坂本隼人《さかもとはやと》だったか。でかければ鉄砲玉の白岩の身を案じ、和田が坂本を同行させていると聞いた。

白岩が坂本に声をかける。

「来客も電話も居留守を使え」

「承知しました」

坂本が部屋を去ったあと、鶴谷は白岩を見据えた。

「景気はどうや」

「あかん。カネ回りのよさそうな極道は特殊詐欺をやっている連中よ」

「部屋住みが減ったようやな」

「それも仕方ない。時代や。礼儀作法を知らんでも生きていける。和田によれば、若い者はネットと睨めっこして小遣い稼ぎに励んでいるそうな」

「そんなんでええのか」

「好きにさせとる。特殊詐欺と覚醒剤以外はな」

鶴谷は眉をひそめた。

花房組の金庫もさみしくなったのか。花房組の構成員は年々減少し、地方の末端組織もふくめても七百人を下回ったという。全盛時の三分の一になっても一大勢力には違いないが、白岩は自分の代で数を減らしたことを気にしているようだ。

「飛んできた理由は何や」白岩が訊く。

鶴谷は煙草を喫いつけた。ふかし、口をひらく。

「西陽《さいよう》建設のことを教えてくれ」

白岩が眉根を寄せた。

「おまえの的か」

「依頼を請ければそのひとつになる」

「どこからの依頼や」

鶴谷は首をひねった。依頼を請けるまでは教えたくない。それが筋目だ。しかし、請けるか否かの判断は白岩の協力次第ともいえる。煙草で間を空けた。

「東和地所よ」

「なんと」白岩が目を見張った。「象が蟻を相手に難儀しているのか」

おどろくのも無理はない。東和地所は不動産業界の大手だ。西陽建設は大証一部に上場する企業ではあるが、建設業界では中堅以下の格付けである。

鶴谷はデイパックから紙を取りだし、テーブルにひろげた。

「西新宿にある帝都電鉄の土地や」鶴谷は地図に人差し指を立てた。下方に赤色で囲んでAと記した部分がある。「この土地を大阪のKA企画という会社が所有している。西陽建設の子会社や」

「こっちのBは」

白岩も指さした。

「個人名義。ほかは帝都電鉄の土地や」

帝都電鉄の所有地の南端にあるAとBの土地は二つを合わせても全体の五パーセントに満たないという。

うめくように言い、白岩が丸太のような腕を組んだ。

「十一年前、帝都電鉄は自社の土地を活用し、西新宿の再開発事業を計画した。で、この二つの土地の所有者と売買交渉に臨んだのだが、相場の倍の金額を提示され、西陽建設の事業参入も要求された」

「帝都電鉄は蹴るわな」

白岩がさらりと言った。

「検討はしたらしい。が、役員会議は反対意見が多数を占めた。交渉から一年後にリーマンショックがおきたこともあって、事業計画そのものを白紙に戻した」

「今回、寝た子を起こしたわけか」

「再交渉を始めたのは一年ほど前や。東京オリンピック開催が決定したことで、東京都から強い要望があったらしい。渋谷や品川で大規模な再開発事業が行なわれているのに、都庁のお膝元の西新宿が旧態依然なのは如何《いかが》なものかと」

「二度目の交渉もこじれたわけやな」

「当初は前回の交渉内容がベースになった。二箇所合わせて時価二十億円ほどの土地を四十億円で購入するとし、西陽建設の事業参入も認めた。交渉はスムースに運び、

「なるほど」

仮契約寸前まで進捗した」

　白岩が腕組みを解いた。前のめりになる。

「あらたな条件提示か」

「そのようや」

「誰でもそうする。ベースの設定が高すぎる。それなら、相手は足元を見てさらなる要求を突きつける。そのタイミングもなかなかのもんよ。仮契約をちらつかせれば、帝都電鉄は引くに引けん。相手は都庁の要望の件も承知のはずや」

「同感や。けど、交渉の経緯は関係ない。俺がやるなら一からよ」

　白岩がこくりと頷いた。

「帝都電鉄側は誰が交渉にあたった」

「十一年前は帝都電鉄と東和地所。再交渉では帝都電鉄と加山《かやま》建設が担当した。相手があらたな条件を提示したあと、帝都電鉄側は外部にも手をまわした」

「コンサルか。永田町を動かしたんか」

「民和党の領袖クラスだったそうな。どこの誰とは言わなかったが、その国会議員と縁のある関東の親分も仲裁役を買ってでたらしい」

「それでもらちが明かず、おまえにお鉢がまわってきた」

「そういうことになる」

白岩が姿勢を戻した。思案顔になり、ややあって口をひらいた。

「相手の交渉役は」

「西陽建設が雇った三人の弁護士や」

「それだけか」

「そう聞いた」

鶴谷も疑念を覚えた。日本を代表する企業三社を相手にする陣容ではない。

「二つの土地の所有者は」

「交渉の席についてない。どちらも弁護士に委任状を預けた」

「十一年前もおなじか」

「わからん。AもBも転売がくり返されたと聞いた」

「おいおい」白岩が目をまるくした。「転がしか」

土地の所有名義をころころ変えることを土地転がしという。その目的は様々で、バブル経済のころは土地の値段を釣りあげるために行なわれていた。

「おそらく。が、俺の依頼主は、これまでの交渉の経緯をふくめ、事実関係の詳細は話さなかった。当然のことや」

打診の段階で依頼主が企業の機密事項を教えることはない。藁《わら》にもすがる思いで捌き屋を頼ろうとも、企業はリスクを最小限に止めようとする。

「やめとけ」

白岩がぞんざいに言った。

「理由は」

「相手が悪すぎる。土地の所有者が弁護団に委任状を預けたのは西陽建設が二つの土地に深くかかわっている証や。おまえ、西陽建設の知識はあるか」

「多少はある。不安もある。で、ここに来た」

「やけに素直やのう」白岩がにやりとした。「よし、レクチャーしたる」

白岩がテーブルに腕を伸ばした。固定電話の受話器を取る。

「酒の用意や……マッカランでええ。あては要らん」

受話器を戻し、白岩が顔をむける。

「康代《やすよ》ちゃんに連絡したんか」

「せん」

「薄情な親やのう。照れくさいんか」

鶴谷は首をまわした。返す言葉が見つからない。

結婚歴がある。長女の康代が生まれて三か月で離婚した。稼業のせいで義父を亡くした。暴力団員に射殺されたのだ。難航を極めた交渉がようやく収束を迎えた矢先の出来事だった。油断か、慢心か。鶴谷は自責の念に耐えきれず家族を離れた。

人は何度でもおなじ過ちをくり返す。失敗は成功の母というけれど、それは心が削ぎ落とされるような経験のない者の台詞である。

康代の母親は旧姓に戻さず家業の蕎麦屋を継いだ。店は花房組事務所の近くにあり、白岩も花房も通っている。

十年前になるか。顔を合わせることもなく、音信不通だった康代からメールが届いた。白岩の気遣いによる。以来、たまにメールを交換するようになった。上京してきた康代と食事をしたこともある。

若衆の坂本がトレイを運んできた。床に片膝をつく。

「もうええ」

白岩が声をかけ、マッカラン17のボトルを手にした。濃い目の水割りをつくり、グラスのひとつを鶴谷の前に置く。自分のグラスを傾け、息をついた。

「西陽建設は同族会社や。戦後まもなく西川兼人が西川土建を創業。高度成長期に長男が跡を継ぎ、社名を変更した。昭和四十年代から五十年代前半は日の出の勢いやったそうな。理由がわかるか」

「同和対策事業の恩恵にあずかった」

　白岩が頷く。

　昭和四十年、国の同和対策審議会は、同和問題を深刻かつ重大な問題と位置づけ、問題の解決は国の責務であり、国民的課題であるとも答申した。昭和四十四年に『同和対策事業特別措置法』が施行されると、同和地区をかかえる地方自治体は同和対策事業を積極的に行なった。平成十四年に特別措置法が失効したあとも、大阪府や大阪市は同和団体や同和関連企業との縁を断ち切れないでいるという。

「創業者は関西同和協会理事の肩書をフルに活用した。先輩方の話では、どんな阿漕《あこぎ》なやり方でも、行政は黙認するしかなかったそうな。二代目社長は、いずれ訪れる同和対策事業の打ち切りと、市民の反感を危惧し、事業の転換を図った。土木一本から総合建設業に舵を切り、ゼネコンと友好な関係を築こうとした」

「どこのゼネコンや」

「八方美人よ。三次でも四次の下請でも不満を言わずに請けたらしい。ゼネコンも使い勝手がよかったんやな。なにしろ、西陽建設には武器がある」

「圧力団体との関係はいまも続いているのか」

「たぶん」白岩がグラスをあおった。「神戸の神俠会《しんきょうかい》との縁も継続中や」

鶴谷も水割りを飲んだ。

「わかったら、手を引け」

「そうはいかん」声を強めた。「神俠会の誰に近い」

「創業者は神俠会三代目と親交があった。息子は五代目の幹部との縁、孫の現社長は六代目の幹部を頼っている」

「名前は」

白岩が顔をしかめた。

「どうあっても依頼を請けるんか」

「まだ決めてへん。けど、敵の陣容を見て尻尾を巻くようなまねはせん」

「しゃあない」

白岩が吐息を洩らした。

「松井《まつい》よ」

「ミナミの松井組か」

「ああ。松井は元山藤《やまふじ》組の若頭で、山藤が引退したあと組織を引き継ぎ、松井組に改称した。二代目社長は山藤と昵懇《じっこん》の間柄で、西陽建設が荒稼ぎできたのも山藤が背後にいたからや。その絆を三代目社長と松井が引き継いだ」

「やけに詳しいな」

「大阪で土木建築利権に首を突っ込めば避けて通れん相手や」

「もめたのか」

「うちの枝が何度か衝突した。わいのでる幕はなかったが」

鶴谷はグラスを傾けた。

東和地所の杉江は関西の裏事情をどこまで把握しているのだろうか。十一年前も二度目の交渉のときも山藤や松井は矢面に立たなかったのか。

幾つもの疑念が湧いた。

頭をふった。予断は持たない。つぎに杉江と会うときは情報の提供を求める。そのうえで、依頼を請けるかどうかを判断する。判断の材料にするため白岩と会った。杉江の情報と、白岩や優信調査事務所の情報に齟齬《そご》があれば依頼をことわる。依頼主側に瑕疵《かし》がなければ、依頼を請ける。それが捌き屋の信義である。

「わいの役割は」白岩が訊く。

ない。言いかけて止め、デイパックに手を入れた。

タブレットをテーブルに置き、メールボックスを開いた。

「調査事務所からの報告書や。まだ関係者のさわり程度やが、ＫＡ企画の概要と役員の経歴が記してある。西陽建設、松井組との接点の有無を調べてくれ」

白岩が固定電話に手を伸ばした。

あらわれた坂本にタブレットを手渡す。「プリントせえ」視線を戻した。

「調査の期限は。依頼主といつ会う」

「未定や。が、せいぜい一週間。それが礼儀やろ」

「よし。まかせろ」

白岩が両手で膝を打ち、立ちあがった。

坂本がタブレットと茶封筒を手に戻ってきた。

白岩が声をかける。

「しばらく賄い飯はつくらんでええ」

「はい」

「鶴谷に礼を言え。小遣いをくれるそうや」

「ありがとうございます」

坂本が深々と頭をさげた。

鶴谷は眉尻をさげた。礼を言われる筋合いはない。

そもそも立場が逆である。協力者なくして捌き屋稼業は成り立たない。

★

★

ＪＲ京都線の新快速に乗り、京都駅で下車した。まもなく午後一時になる。

おとといの夜は白岩と北新地を飲み歩いた。きのうは昼間に白岩や花房夫妻と鯖の棒鮨に舌鼓を打ったあと、両親が眠る墓に参った。お盆や命日、彼岸でも墓参したことがないのだから親不孝も甚だしい。

ホテルに戻り、木村が送ってきた第二弾の報告書を精読した。西新宿の土地のことが詳細に書かれていた。法務局で不動産登記簿の謄本を取得したのだ。地歴は法務局を訪ねて土地台帳を閲覧すればわかる。コンピュータによってデータ化される以前の物件も保管してある。

夜は白岩とミナミへ行った。仕事がらみである。白岩は西陽建設の役員と松井組長が宗《そ》右衛門町《えもんちょう》のクラブやキャバクラで遊んでいるとの情報を入手した。暴力団の様子を知るには地場の繁華街で見聞きするのが一番である。

鶴谷は京都駅の改札を出た。

「おとうちゃん」

ひとり娘の康代が近づいてきた。紺色のチノパンツにオレンジ色のシャツ。ポニーテールは相変わらずだ。布製のショルダーバッグはふくらんでいる。

「何しに来たん」語尾がはねた。「そもそも帰りの電車に乗る直前に連絡してくるなんてどういうことよ」

「連絡するだけましや」

新大阪駅の〈みどりの窓口〉にならんでいたとき思いつき、メールを送った。

——いまどこや——

——京都。午前の授業がおわったところ——

康代は京都の女子大に通っている。三回生だ。

——四十分後に京都駅の烏丸《からすま》口の改札で——

——ほんま勝手やね。しゃあない、行くわ——

短いやりとりのあと、在来線の改札へむかったのだった。

「減らず口が好きやね」鶴谷の腕を取る。「お腹空いた。お蕎麦、食べよ」

「そんなんでええんか」

「失礼な。うちは蕎麦屋の娘よ。ほかのお店の味を知りたいねん」

構内の蕎麦屋に入った。

鶴谷が鰊《にしん》蕎麦、康代はざる蕎麦と鯖鮨を頼んだ。

「味がどうので、店を継ぐ気か」

「まだわからん。けど、心の準備はしとかんとね」

「男はどうした」

「別れた。おとうちゃんの血を継いでいるのか、うちは堪《こら》え性《しょう》がないみたい」

「何があった」

「うちの店でアルバイトをさせたら、三日でリタイアした」

「そんなことで……」

「骨のない男は嫌いや。白岩のおじさんの爪の垢でも飲ませたかったわ」

「あほなことを。あいつは天然の極道やで」

「極道は嫌やけど、おじさんみたいな骨太の男が好きやねん。おとうちゃんも……性格破綻者のろくでなしやけど、その点は認めてる」

「おおきに」

ほかに返す言葉がうかばなかった。家庭を持つ資格がないのは自覚している。

店員が料理を運んできた。

康代が蕎麦をすする。

「薄味やね」小声で言う。「うち、赤坂で食べたお店の汁が忘れられん」

「砂場か」

「うん。あそこは大阪が発祥なんやろ」

「知らん」

そっけなく言い、鰊蕎麦の汁を飲んだ。こちらは濃い目の味だった。

「おとうちゃん、いまのお仕事をいつまで続けるの」

「潮時次第や。あす辞めるかもしれんし、死ぬまでやるかもな」

「辞めたら帰っておいで」

「…………」

「土下座したらええねん。おかあちゃんはきっと許してくれる」

「考えとくわ」

「あかん」康代が笑う。「おざなりや。やっぱり、うちが継ぐしかないみたい」

「ほかにやりたいことはないのか」

「あるよ。骨太の男と結婚して、子どもは二人……夢やねん」

「…………」

鶴谷は口を結んだ。

つらい思いをさせて、すまん。胸で詫びた。

★　　★

東京駅からまっすぐ白金台の自宅に帰った。

リビングのソファにデイパックを置き、隣室に入った。

淡い灯りを浴びて気泡がきらめいていた。サンルームは横幅と高さが二メートルの水槽に占拠されている。体長四十数センチの大正三色の錦鯉の棲家である。

新潟に所用で行ったさい、錦鯉の品評会に出くわした。衝動買いだった。

手前の籐椅子に菜衣が身体を預けていた。ふりむこうともしない。

「来てたのか」

「ツルと話したくなった」

いつのころからか菜衣は名無しの鯉をツルと呼ぶようになった。

「下で話そう」

返事も聞かずにサンルームを出た。

ベランダの蓋を開け、梯子を降りた。ソファに座り、煙草をくわえる。

菜衣がお茶を運んできた。

「どこに行ってたの」

「大阪や。情報を仕入れに」

「東和地所の相手は大阪の企業なの」

「交渉相手の関連企業がある」

菜衣が曖昧な顔で頷いた。

「ツルがさみしがる」

「おまえがおる」

「わたしも……ときどき、生きているのかどうか、不安になる」

「…………」

鶴谷は視線をおとし、お茶を飲んだ。新茶か。葉の香りがさわやかだ。菜衣のもとには佐賀嬉野《うれしの》産のお茶が届く。

「康ちゃんじゃない。わたしのことよ。歳かな」

茶碗を持ったまま菜衣を見つめた。

菜衣は四十一歳になった。鶴谷とは十歳違いだ。

言葉をさがしているうちに、菜衣が口をひらいた。

「康ちゃんは不安にならないの」

「不安だらけや。けど、それで、生身の人間と実感できる」

「そうか」菜衣が口元を弛めた。「杉江さん、きのうも来たよ。不安なのかな」

言いたいことはわかる。

杉江は鶴谷と菜衣の仲に気づいている。菜衣はそう感じているのだ。

否定はしない。菜衣の洞察力には一目置いている。杉江に気づかれているとしても
気にしない。それを仕事に利用しようとすれば縁を切る。

お茶を飲み、煙草をふかした。推察が声になる。

「ひとりでか」

「そう。めずらしく杉江さんが身の上話を始めて……長居しちゃった」

菜衣の洞察力はあたっているようだ。

他人の心中にふれたければ、己の身上をさらすことだ。

そう思い、鶴谷は苦笑を洩らした。自分と菜衣は無言の会話が多い。そのせいで、
ときおり見せる菜衣の仕種や何気ないひと言にどきっとさせられる。

「聞きたくないの」菜衣が言う。「杉江さんの身の上話」

「興味ない。やつが敵にまわれば教えてくれ」

菜衣の目が三日月になった。

ポケットのスマートフォンが鳴った。マナーモードに切り替えていなかった。

「はい、鶴谷」

《木村です。問題の土地に関する報告書があがりました。お会いできますか》

鶴谷は腕の時計を見た。午後六時過ぎだ。

「七時に帝国ホテルの一階ラウンジ。酒が飲めるほうに行く」

通話を切った。煙草を消し、菜衣に話しかける。

「あとで覗くかもしれん」

「ほんと」

菜衣の目が三日月から糸になる。

男女の縁を切ってから『菜花』には行かなくなった。一年に一度か二度、ひとりでふらりと覗く程度だ。仕事がらみの人物で誘ったのは杉江ひとりである。

――……生きているのかどうか、不安になる――

菜衣の言葉が鼓膜に残っている。

ふと、木村を菜衣に会わせたくなった。

ガラス壁がまぶしい。光の塔が青空に突き刺さるかのように聳《そび》えている。ことしも夏の到来が早そうだ。

愛車のジャガーXKRコンバーティブルを地下駐車場に駐め、エレベーターで一階にあがった。ロビー受付の上に〈株式会社　東和地所〉の文字がある。

「鶴谷です」

制服の女がほほえんだ。「どうぞ、こちらです」用向きも訊かずに立ちあがる。

エレベーターで三十三階にあがり、応接室に案内された。

一人掛けのソファが左右に三脚ずつある。三人の男がならんで座っていた。

杉江は黒地にグレーのピンストライプ、ほかの二人は紺色のスーツを着ている。

鶴谷も身なりに気遣った。ダークグレーのスーツに紺色と辛子色のレジメンタルタイ。肩が凝るのでスーツは好まないが、軽いモヘアなら我慢が利く。

杉江が笑顔で立った。ほかの二人も遅れて腰をあげた。どちらも笑顔はない。

「ご紹介します」

杉江が言い、左手を挙げた。

「帝都電鉄の宮内専務。となりは加山建設の笹倉《ささくら》取締役です」

鶴谷は名乗り、名刺を交換した。

宮内健治《けんじ》は首都開発本部長、笹倉芳郎《よしお》は営業統括本部長を兼務している。

鶴谷は杉江の正面に座し、デイパックを左のソファに置いた。

そのあいだ、射るような視線を浴びた。宮内の値踏みするようなまなざしが神経にふれた。好奇の目をむける笹倉にはひと声浴びせたくなる。

毎度のことだ。

依頼主が疑心暗鬼になるのもむりはない。企業が知恵を搾り、あらゆる方策を尽くしてことにあたってきた案件を、どこの馬の骨ともわからない他人に委ねるのだ。担当責任者として忸怩《じくじ》たる思いがあって当然である。

鶴谷は煙草をくわえ、火をつけた。

テーブルにクリスタルの灰皿がある。吸い殻はない。杉江が喫煙者の鶴谷に配慮して用意させたのか。

宮内が露骨に顔をゆがめた。笹倉はネクタイの結び目に指をかけた。

杉江が脇の封筒をテーブルに置いた。

「依頼の内容は先にお話ししたとおりですが、依頼の概要を書面にしました。お請けいただけると想定し、委任状も添えてあります」

「その前に質問がある」

「なんなりと。鶴谷さんが前向きな意思を示していただけたら、これまでの交渉の経緯と関連事項を記した資料をお見せします」

　鶴谷は封筒を指さした。

「この依頼主は」

「書面上、東和地所にしてあります。が、帝都電鉄と加山建設とわが社の……」

「わかった」鶴谷は手でもさえぎった。「ほかのお二人には退席してもらう」

「えっ」笹倉が頓狂な声を発した。

「そんな、ばかな」

　宮内が目をひん剝いた。

　鶴谷は宮内を見据えた。

「お互いのためだ。そちらは企業の極秘案件をさらし、こちらは手の内を見せる。リスクは最小限に止めたい」

「信頼関係を構築するのが先だろう」宮内が咎《とが》めるように言う。

「その必要はない。カネで片がつく」

　にべもなく返し、鶴谷は煙草をふかした。

むだな議論も要らない。どれほどのカネを積まれようとも信念はゆるがない。交渉に必要な情報提供を受け、納得すれば依頼を請ける。

杉江が宮内に話しかける。

「この場はわたしにおまかせください」

「しかし……」

「鶴谷さんとの契約に関しては東和地所がすべての責任を負います」

「それは当然だが……」

宮内が言葉を切った。

鶴谷は理解した。自分への依頼は杉江の提案によるのだ。

「いいではありませんか」笹倉が口をはさむ。「この方の力量を拝見しましょう」

「君ねえ」宮内が語気を強めた。「他人事《ひとごと》ではないのだ」

「承知しております。ですが、杉江さんの立場もあります。三社で検討し、杉江さんの提案を受け入れた経緯も……まずは杉江さんに一任するのが筋でしょう」

宮内がうなったあと、口をひらいた。

「いいだろう。杉江さん、吐いた言葉は飲まないでくださいよ」

言い置き、宮内が席を蹴った。

苦笑をうかべて笹倉があとに続いた。

ドアが閉まるや、杉江が固定電話の受話器を手にした。内線ボタンを押す。

「コーヒーを二つ」

鶴谷はにやりとした。

ここまでは想定内だったか。そんな気がした。

煙草を消し、封筒を開いた。

書面にざっと目を通している間に制服の女がトレイを運んできた。

コーヒーをひと口飲んで、杉江が話しかける。

「下調べは済みましたか」

鶴谷は書面を置き、首をまわした。考えや行動は話していない。

そんなことは杉江なら承知している。会話のとりつきか。

「質問をどうぞ」笑顔で言う。「資料を運ばせましょうか」

「あとでいい。まず、土地に関する話を聞きたい。関西のKA企画と東京の國村《くにむら》なる人物があの土地を取得した経緯を知りたい」

鶴谷は持参したA4判の紙をひろげた。先日、杉江から渡されたものだ。

AとBの土地の地歴はきのう優信調査事務所の木村からの報告で知った。

一九八五年に帝都電鉄が売却したあとの地歴だった。Aの土地は山藤省三《しょうぞう》、Bは山藤和子《かずこ》。その名前を見たとき、白岩の声がよみがえった。

——……二代目社長は山藤と昵懇の間柄で、西陽建設が荒稼ぎできたのも山藤が背後にいたからや。……——

土地Aは二度、土地Bは五度転売されて現在に至っている。

そういう知識を得ていても、依頼人の言葉がほしい。

「かつて帝都電鉄はあの一帯に現在の約四倍の土地を所有していました。現在所有する土地を除き、売却したのは一九八五年のことです。八〇年代になって都庁の西新宿移転計画が現実味を帯び、帝都電鉄は新社屋の建設と周辺の再開発をめざし、新社屋予定地以外の土地を売却した。同時に、JRや小売大手と連携して再開発事業に着手した。都庁周辺の再開発を視野に入れてのことです」

「そのどさくさに紛れてAとBの土地が予想外の者の手に渡った」

「予想外だったかどうかはわかりません。が、土地を売却したあとでAとBの購入者が反社会勢力の人物と知り、あわてたのは事実です」

「素性は知っているのやな」

「当時は神戸の神俠会の幹部でした。Aは本人、Bは彼の妻でした」

鶴谷は頷いた。

木村の情報との間に齟齬はない。

山藤省三はことし六十八歳になる。三十代半ばから頭角をあらわし、四十歳で執行部入りした。武闘派でありながら経済極道として知られ、金満極道とも揶揄《やゆ》された。神侠会の主導権争いに敗れて六年前に引退した。

若頭の松井が跡目を継ぎ、山藤組は松井組に改称された。代紋を変えたのは、引退にさいして山藤と大阪府警の間で裏取引があったからだともいわれている。

土地Aは山藤省三から東京の合志プランニング、さらにKA企画と所有者が変わった。どちらも西陽建設の子会社である。

山藤和子が購入した土地Bの現在の所有者は國村恭平《きようへい》という。山藤や松井、西陽建設との関係はあきらかになっていない。

鶴谷はあたらしい煙草を喫いつけた。ふかし、封筒を指さした。

「交渉の過程に関して、記載洩れはないか」

「そう信じております」

杉江がきっぱりと言った。

「相手の交渉人の個人情報は」

「別紙に用意してあります」

「相手に法的な瑕疵はなかったのか」

「十一年前にわが社が担当したときは見つかりませんでした。再交渉を担当する帝都電鉄と加山建設の合同弁護団によると、問題の土地の入手経路および転売時の背景を調査したが、疑念を裏づける証拠は摑めなかったそうです」

「疑念の中身は」

「その点はわたしも質《ただ》しました。が、推察あるいは想定に過ぎず、守秘義務に抵触する恐れもあるため話せないと言われました」

鶴谷は目を細めた。

杉江の口調はなめらかで、表情はたのしそうに見える。

「それで逆に勝算ありとひらめいたか」

「あたらずといえども遠からず、です。ひらめかなくても、再びわが社が交渉役をまかされた時点で、鶴谷さんにお願いすると決めました」

「余裕をかませばろくなことにならん」

「ご心配なく。余裕などありません。勝算も頭にない。一流の弁護士が五人……束になってかかっても結果に結びつかなかった。もしかすると鶴谷さんも一敗地に塗《まみ》れるかもしれない。それでも、あなたに託したかった」

杉江の声が熱を帯びた。ひさしぶりに、あなた、と言われた。

「酔狂がすぎる」

「なんと言われようと平気です」

鶴谷は肩をすぼめた。

お茶と煙草で間を空け、頭の中を整理した。

「別紙の資料に西陽建設の情報は入っているか」

「ええ」

杉江が目元を弛めた。

想定内の質問だったようだ。

鶴谷が黙っていると、しびれを切らしたように杉江が口をひらいた。

「相手側の弁護士三人は関西弁護士連合会に所属しています。主任弁護士は西陽建設の顧問です。ひとりは関西同和協会の顧問を務め、名刺にもそれが明記してありました。もうひとりは松井組とかかわっているようです」

「オールスターやな。名より実を取る連中か」

「闘志が湧きましたか」

「くだらん」

　杉江が前かがみになる。

「そろそろお返事を」

「交渉に期限はあるか」

「帝都電鉄の要望は今月の二十五日、遅くとも二十七日を指定しました」

　鶴谷は頷いた。

　二十日間の勝負だ。期間が短いのには慣れている。企業は二進《にっち》も三進《さっち》も行かなくなって裏の稼業人を頼る。一か八かの賭けのようなものだ。

「その理由は」

「帝都電鉄は今月末日に株主総会を行なう予定です。二年後に迫る創立百周年事業の目玉として西新宿の再開発事業を謳っており、株主からは事業計画の継続、中止か廃止もしくは見直しの意思表示を求められるでしょう」

「期限が過ぎれば俺との契約は破棄する……そういうことか」

「そう思ってください。それと、成功報酬は土地買収価格の十パーセントでお願いできますか。必要経費には上限を設けません」

「ええやろ。依頼を請ける」

「ありがとうございます」

杉江が頭をさげた。そのままの姿勢で固定電話の受話器を握る。

「来てくれ」

受話器を置いて姿勢を戻し、ポケットから携帯電話を取りだした。

「あなた専用のケータイを用意しました。番号は……」

「要らん」

言って、デイパックに手を入れた。携帯電話をテーブルに置く。

「逆に、あんたがこれを使ってくれ。闇のルートで調達した」

携帯電話の名義人とは一面識もない。利用者不明の携帯電話はごまんと出回っている。特殊詐欺の連中が使う代物である。

杉江が首をかしげた。

「何を警戒されているのですか」

「依頼主側の状況を気にする必要がありそうだ」

「わたしにスパイになれと」

「拒否権はある」

何食わぬ顔で言い、ソファにもたれた。

「承知しました。毒を食わば皿まで……覚悟はできています」

「メールは使うな。俺がでなければ、ショートメールを送ってくれ」

言いおえる前にドアをノックする音がした。

小柄な男が入ってきた。両手に紙袋を提げている。見覚えがある。

「その節はお世話になりました。総務部の大塚です」

鶴谷に挨拶し、杉江のとなりのソファに二つの紙袋を置いた。

「ほかにご指示は」

「ない」

「では、失礼します」

大塚が立ち去ったあと、杉江が紙袋のひとつをテーブルに置いた。

「資料です。不足があれば申し付けてください」別の紙袋もテーブルに移す。「こちらは着手金です。前回と同額を用意しました。それでよろしいでしょうか」

頷き、鶴谷はデイパックを膝に載せた。

帯封された百万円の束が十個。ひとつずつデイパックに収め、顔をあげる。

「委任状はすでに有効か」

「はい。きょうの日付です。あなたから電話があったあと帝都電鉄に連絡し、合同弁護団の解散を要請しました」

「手回しがいいことで」笑って言った。「これから挨拶に行く」

杉江が目をまるくした。

「どちらへ」

「土地の所有者に会う」

「いきなりですか」

「筋を通すまでのことよ」

こともなげに言い、デイパックを背負った。

地上に出てすぐ路肩に車を停めた。ブルートゥースを操作する。
《木村です》
「依頼を請けた。契約したい」
《承知しました。当方は準備完了です。とりあえず七人編成にしました》
特別調査班ということだろう。契約期間中は専属となる。
「さっそくだが、合志プランニングに行きたい」
《山藤から土地を購入した会社ですね》

「ああ。國村のほうはどうや」
木村の部下が國村の監視を始めたとの報告は受けた。
《確認します。三十分ほど前の連絡では車を運転中でした》
「引き続き、追尾しろ」
《はい。自分も合志プランニングにむかいます》
返事をせずに通話を切った。
迷ったあと、車を動かした。白岩と菜衣への報告は後回しだ。

東和地所のある大手町を離れ、靖国通りを新宿方面へむかった。

西新宿の高層ビルが建ちならぶ一角にさしかかり、車の速度をおとした。

前方の路肩に黒のアルファードが停まっている。優信調査事務所の動く前線基地。

司令室でもあり、鶴谷と木村の密談の場でもある。

その後方につけ、車を降りた。アルファードのドアを開き、声をかける。

「動きはないか」

「はい」木村が答えた。

「あとで話がある。ここで待機していろ」

言って、ジャガーに戻った。

左右にシティーホテル、前方に都庁舎が見える。左側のグレーの建物は西新宿タワービル。その五階に合志プランニングのオフィスがある。

車を地下駐車場に入れた。デイパックは助手席に残した。

エレベーターで五階にあがる。通路を左右に折れ、足を止めた。合金製のプレートに〈株式会社　合志プランニング〉の文字がある。

息をつき、鶴谷はドアを開けた。

手前にカウンター。そのむこうにスチールデスクがならんでいる。五十平米ほどのフロアか。社員十七名ならそんなものだろう。

カウンターに近いデスクの女が立ちあがった。二十代半ばか。白いブラウスに濃紺のパンツ。私服のようだ。髪はひきつめ、後ろで束ねている。

笑顔で近づいてきた。

「どちら様でしょう」

「鶴谷と申します。かつて御社が所有していた西新宿の土地の件で参りました。事情を知っておられる担当役員の方にお取り次ぎ願います」

丁寧に言った。必要なら標準語も使う。

「失礼ですが、どちらの鶴谷様でしょう」

「東和地所の代理の者です」

鶴谷は名刺をさしだした。氏名と住所、自宅の電話番号が記してある。

「お待ちください」

女が背をむけた。フロアを歩き、右手のドアを引き開ける。

鶴谷は室内を見回した。

整然とし、静かだ。八人の男女がパソコンと向き合っている。

すぐに女が戻ってきて、応接室に案内された。

黒革の応接セットとサイドテーブル。壁に10号ほどの油彩画が掛かっている。

立ったままその絵を見ていると男があらわれた。身長は鶴谷とおなじ一七五センチほどか。ショートボウズの四角い顔は鬼瓦のようだ。がっちりとした体軀をチャコールグレーのダブルのスーツに包んでいる。

「お待たせしました。横山《よこやま》です」

受け取った名刺には〈合志プランニング　専務　横山忠夫《ただお》〉とある。

勧められ、ソファに腰をおろした。

横山が鶴谷の名刺をテーブルの端に置く。名刺に肩書はない。

「東和地所の代理の方だとか。どのようなご用でしょう」

「西新宿の土地の件でお訊ねしたいことがあって参りました」

「…………」

横山が小首をかしげた。さぐるような目つきになる。

「山藤省三なる人物から購入し、ＫＡ企画に転売された土地ですよ」

「あの土地がどうかしたのですか」

「山藤さんとはどういう関係ですか」

「関係も何も……」横山が口ごもる。「いったい何を調べているのですか」

「あの土地の件でトラブルが生じた。ご存知でしょう。御社とＫＡ企画が大阪の西陽建設の子会社ということはわかっています」

「それは認めます。しかし、あなたは失礼だ。決めつけるようなもの言いをして。お引取り願おう。もう話すことはない」

居丈高なもの言いになった。顔が赤らんでいる。

「ええのか」

鶴谷も口調を変えた。目でも凄む。

「山藤の素性は承知か」

「…………」

　横山がそっぽをむいた。

「答えんかい。御社と山藤の関係を」

「あなたは、暴力団の方ですか」

「交渉人や。捌き屋とも言う」

「捌き屋……」

　つぶやき、横山がテーブルの端の名刺を見た。

　かまわず話しかける。

「山藤は暴力団の組長やった。それを承知で土地を購入したのか」

　横山が目くじらを立てた。

「難癖をつけにきたのか。東和地所に抗議してやる」

「好きにしろ。また来る」

　言い置き、鶴谷は腰をあげた。


　木村をジャガーに乗せ、京王プラザホテルの本館地下駐車場に移動した。

　一階からエレベーターで三階にあがり、カクテル＆ティーラウンジに入る。まもなく午後三時になる。客はまばらで、静かだった。

喫煙エリアの窓際の席に座った。メニューを見て空腹に気づいた。時間はあったのに昼食を摂るのを忘れていた。しばしばそうなる。

「昼飯は食ったか」

「食いそびれました」

木村が屈託なく答えた。

ポークカツサンドとシーフードピラフ、コーヒーを二つ注文した。

木村が口をひらく。

「誰に会ったのですか」

「横山という専務や」

木村がメモ用紙に書き留めた。

「首尾は如何でしたか」

「ただの挨拶よ」

あっけらかんと返し、煙草をくわえた。ふかし、視線を戻す。

「合志プランニングについて報告しろ」

木村がショルダーバッグからＡ４サイズの紙を取りだした。

「社歴と概要から話します。二〇一〇年四月、西陽建設の子会社として設立。同年九月に例の土地を取得しました。百十坪の土地の購入額は七億五千万円。その当時の評価額は坪あたり約千二百万円なのでかなりの割安です」

「帝都電鉄が売りにだした当時の地価は」

「一九八五年のあの周辺の地価は急激に上昇しています。都庁の西新宿移転を見越してのことだと思いますが、帝都電鉄の売却予定価格は低く、坪あたり六百万円ほどなので、山藤は約一億円を儲けたことになります」

鶴谷は東和地所での杉江とのやりとりを思いだした。

木村から得た情報と知識を杉江がよこした資料と照らし合わせる。ひとつの事案でも複数の者から話を聞けば正確さが増す。あたりまえのことだ。

「合志プランニングは五年後にKA企画に転売し、約一億円の利益を得ています」

鶴谷は頷いた。

杉江の話と合致する。

ウェイターが料理を運んできた。

煙草を消し、鶴谷はスプーンを持った。ピラフの香りに腹が鳴る。

木村もカツサンドをつまんだ。

暫時の休憩である。生臭い話をしながらの食事は好まない。

二つの皿が空になった。

鶴谷はコーヒーを飲み、煙草を喫いつけた。

「合志プランニングの事業内容と業績はどうや」

「主な事業は、建築関連の企画と立案、コンサルティング、人材派遣です。いずれも西陽建設ありきの事業で、収益で目につくのは人材派遣ですね。社を設立した翌年に東日本大震災が発生し、東北、とくに福島は原発事故の復興工事で大量の労働者確保が急務になった。合志プランニングはゼネコンの依頼を請け、関西方面から大勢の労働者を福島に送り込んだ。過酷な労働条件と賃金のピンハネが問題となり、労働基準監督署から二度の是正勧告を受けています」

木村がよどみなく喋った。

「警察は動いたのか」

「いいえ。人材派遣業者に厳しい対応で臨めば福島の原発事故現場は労働者不足に陥るでしょう。いまでも人手が足りないのです」

鶴谷は口元をゆがめた。

不幸な出来事の裏でカネ儲けに励む輩がいる。憤りを覚えても批難はしない。捌き屋稼業も似たようなものである。善悪は関係ない。自分の仕事次第で、笑う者もいれば泣く者もいる。地位を失う者もいたし、命を亡くした者もいた。

不条理の世界に生きている。その自覚はある。

「運ですね」

木村がぼそっと言った。ひと息ついて続ける。

「天災は予測できません。合志プランニングは西新宿の土地を購入するために設立された。あるいは、西陽建設はそれを足場にして東京圏に進出しようと……」

「推測はいらん」

邪険にさえぎった。

木村の言いたいことはわかる。合志プランニングは福島原発事故現場の人材確保でゼネコンとつながりができた。合志プランニングの設立目的は木村の言うとおりだろう。西新宿の土地を足場に何かを画策しようとした。そこに思いもよらぬ東日本大震災が発生した。運以外の何物でもない。

だが、感慨はあっても、己の仕事には関係ないことである。

木村が目で詫びた。

鶴谷は言葉をたした。

「関係者の監視を強化し、身辺調査を急げ」

「氏名をお願いします」

「監視対象者は、合志の横山専務、土地Bの所有者の國村恭平。帝都電鉄の宮内専務と加山建設の笹倉取締役も頼む」

「あとの二人はなぜですか」

「高みの見物を決め込む余裕はないやろ。何らかの動きがあると思う」

「邪魔ですね」

「それどころか、足を掬われる恐れもある」

「承知しました。さっそく対応します」

木村が携帯電話を耳にあてた。

「わたしだ……監視対象者が増えた。帝都電鉄の宮内専務と加山建設の笹倉取締役……そう、二十四時間態勢で……そんなことはわかっている。その案件は同業者に委託し、五、六名の調査員を補充しなさい」

通話を切り、木村が顔をむける。

「身辺調査の対象者をお願いします」

「横山は徹底的に調べろ。人脈と個人情報。國村と、國村が購入した土地のかつての所有者全員の身元も調べろ。そっちは合志プランニングおよび西陽建設との接点の有無を中心にさぐってくれ」

　話している間に木村の顔がけわしくなった。

「期限は」

「今月二十日や」

「二十日間ですね。大阪のほうは如何しましょう」

　西陽建設とＫＡ企画を意識しての発言か。

「東京に専念しろ」

「承知しました」

　木村が素直に応じた。

　調査員の確保に頭を痛めているのか。それだけではないような気がする。木村の頭の中に白岩の存在があるのか。ふと思った。

　木村なら自分の人脈を把握しているだろう。鶴谷は木村と白岩を会わせていない。木村に白岩の話をしたこともない。逆もおなじだ。が、これまでに木村と白岩は接触しているのではないかと感じたことがある。それならそれでいい。二人とも己の立ち位置と自分との距離感はわかっているはずだ。

鶴谷はデイパックを開けた。五個の百万円束をテーブルにのせる。

「調査費用や」

着手金は右から左に消える。残りの五百万円は白岩の口座に振り込む。

電子音が鳴り、木村が携帯電話を手にした。

「わたしだ……わかった。動きがあればすぐに連絡しなさい」

木村が携帯電話を畳んだ。

「國村が会社に戻りました」

「これからむかう」

鶴谷は伝票を手にした。


新宿通りを走り、四谷三丁目の交差点を右折、南青山へむかった。赤坂郵便局の近くの駐車場に車を駐め、乃木坂方面へ歩く。

訪問先の東原《ひがしはら》工機は南青山にある。

一階の受付カウンターの前に立った。名刺を差しだす。

「鶴谷と申します。営業部長の國村様にお取り次ぎください」

「お約束でしょうか」

「はい」

事実だ。木村と別れてすぐ電話をかけた。

――帝都電鉄の代理人の鶴谷です。西新宿の土地の件でお会いしたい――

――その件は代理人に……――

周囲を気遣うような声だった。

――これから御社に伺う――

――こまります。迷惑です――

――時間は取らせない。ことわってもいいが、何度でも行く――

返答を聞かずに電話を切った。

受付の女が受話器を握った。内線ボタンを押す。

「受付です。鶴谷様がお見えになりました……はい。かしこまりました」

受話器を戻し、女が顔をむける。

「となりにマヤというカフェがあります。そこでお待ちくださいとのことです」

「ありがとう」

笑みを残し、きびすを返した。

五分と待たされずに國村がやってきた。上着を手にしている。

資料に添付した写真は憶えている。前頭部が禿げあがり、肌は浅黒い。精悍《せいかん》な風貌で、五十六歳だが、五十歳前後にも見える。

鶴谷は立って迎えた。

「お忙しいさなかに恐縮です」

おだやかな口調で話しても、國村は憮然とした表情を崩さなかった。

「國村です。多忙なので、お話は十五分でお願いします」

「承知しました」

窓際の席で対座した。

ウェイトレスにコーヒーを頼んだあと、國村が視線をむけた。

「いったいどういうことです。代理人というのはほんとうですか」

もの言いに角がある。憤懣《ふんまん》は収まらないようだ。

「正確に言えば、東和地所の代理人です。例の土地の交渉は帝都電鉄から東和地所が引き継いだ。報告はなかったのですか」

「一任しているからね」

「西陽建設に……それとも大阪の弁護士ですか」

東原工機と西陽建設は二十年来の取引関係にある。

「両方だよ」

國村が怒ったように言った。

「ところで、あの土地を購入した理由を教えていただけませんか」

「西陽建設の子会社の合志プランニングに勧められた。交渉の代理人のくせにそんなことも知らないのか」

「事実確認です」

さらりと返した。相手の怒りは煽るにかぎる。

「家を建てるつもりで購入したのですか」

「ばかな」

「商業ビルを建てるには狭すぎる。固定資産税も高いでしょう」

「そんなことは承知の上だ。投資目的に決っているじゃないか。だから、いい土地があると教えられたとき、交渉を合志プランニングにまかせた」

「合志プランニングのどなたですか」

「横山専務だ」

「購入価格は五億四千万円。当時の評価額よりも低い価格だった。が、安い買い物ではない。その資金はどこから捻出したのですか」

「無礼だぞ」

國村が語気をとがらせた。

「それも承知の上よ」声音を変えた。「購入時のあんたの年収は一千八百万円。杉並区に三十八坪の自宅。裕福な暮らしぶりだが、預金は一千万円未満、所有する株は時価七百万円。ゴルフ場の会員権は紙くず同然らしいな」

話している間に國村の顔が紅潮した。頭から湯気が立ちそうだ。

「調べたのか。訴えてやる」

「好きにさらせ。けど、その前に合志プランニングの横山に相談したほうがいい。あとあと面倒になるかもしれん」

「…………」

國村がくちびるをふるわせた。

鶴谷は畳みかける。

「土地購入時に銀行からの借入もなかった。原資はどうした」

「多少でも余裕のある者は表にしないカネを持っている」

「そうかい。残り時間は五分。コーヒーを飲むには充分やろ」

國村が口元をゆがめた。

歯軋りが聞こえそうだ。

★　★

石畳の打ち水が涼風を誘う。きょうは三十度を超えそうだ。

白岩は暖簾《のれん》をくぐり、格子戸を開けた。

「いらっしゃい」

女たちの元気な声が響く。二人の店員は久留米絣《くるめがすり》に赤い襷《たすき》をかけている。昼の書き入れ時は過ぎたか。店員らはテーブルを拭いていた。

白岩は奥の小座敷にあがった。常連客の大半は顔見知りだが、めだたない席に座るよう心がけている。

板場のほうから康代が近づいてきた。康代も絣を着ている。

「どうした。学校、サボったんか」

「きょうは午前だけ。急いで帰ってきた。おじさんの気楽な稼業が羨ましいわ」

前に座る坂本がうつむいた。笑いを堪えたのだ。

康代が腰を折り、顔を寄せる。

「ツルコウに会《お》うたよ。京都で」

白岩と康代が使う符牒である。

「そうか」声がはずんだ。「何を買《こ》うてもろうた」

「お蕎麦を食べて、バイバイ」

「気の利かんやつやのう」

「連絡してきただけましやわ」

「そうとも言える」

笑って返した。

白岩にとって康代は鶴谷の分身である。わが子のように愛しい。

「ザルを三枚……二枚は坂本に。雑魚《じゃこ》天《てん》と玉子焼きも」

康代が首をひねった。

「お酒はいらんの」

「ほな、冷酒を。盃はひとつでええ」

坂本はこれから車を運転する。

康代が気づいたようだ。坂本に話しかける。

「おじさんのお守《も》りも、大変やね」

「とんでもないです」

声が裏返った。坂本の顔が見る見る赤くなる。

からかい半分の言葉でもうれしかったのだろう。坂本は康代に気がある。それくらいのことは見ていればわかる。

康代に話しかけた。

「女将《おかみ》は元気か」

前回来たときも顔を見なかった。

「きょうは来てへん」

「具合でも悪いんか」

「働き過ぎや。で、うちが夜だけにしときて言うてん。それなら、うちがそばにおって、おかあちゃんを助けられるやろ」

「おい、坂本。聞いたか。康代ちゃんは子《こお》の鑑や」

「はい。爪の垢を煎じて飲みたいです」

「やめとけ。爪がかわいそうや」

康代が吹きだし、きびすを返した。

御堂筋《みどうすじ》を難波《なんば》へむかって走り、本町四丁目のひとつ手前の信号を左折した。紀伊國屋書店本町店の前を過ぎ、高速道路のガードの手前で坂本がメルセデスを停めた。地図とカーナビゲーションを交互に見る。直進すれば谷町四丁目、つぎの交差点を右折すれば『たこ竹』のある松屋町へむかう。

「ガードを潜って、ひとつ目の信号を左ですね」

「石町《こくまち》か」

「はい。前まで行きますか」

「そうせえ。殴り込みをかけるわけやない」

二、三分で目的地に着いた。道路むかいに西陽建設の本社ビルがある。

白岩は左側に視線をやった。すこし先に駐車場の看板が見える。

「あそこの駐車場で待っとれ」

言い残し、車を降りた。来た道を戻る。行く店は確認した。

ガラスのドアを開けた。ハワイアンが流れている。昭和の匂いの残る喫茶店だ。八つの客席に先客は二組三人。まよわず男がひとりで座る席にむかった。

短髪の細面で、口の周りに無精髭がめだつ。ダークグレーのシャツに茶系の格子柄のジャケット。薄汚れた壁に同化しそうな身なりである。

「長尾《ながお》さんか」

男が頷くのを見て、正面に腰をおろした。

年輩の女にコーヒーを注文し、長尾を見つめた。

「白岩や。きょうは下見か」

「けさから監視を始めた」

「土曜も出社したんか」

「オープンシャツにジャケット。ラフな身なりで家を出て、あとを尾けたら会社に入った。で、待ち合わせ場所をここにした」

どこの誰とは言わないのが気に入った。店に西陽建設の社員がいるかもしれない。

――西陽建設の吉本《よしもと》常務の監視を頼む――

きのう、電話で依頼した。大阪府警察本部の富永《とみなが》の紹介だった。

鶴谷が東京に帰った日の夜、白岩は富永と食事をした。曾根崎署捜査四係の係長だったころの縁が二十年続いている。富永はマル暴担当一筋である。押しが利き、要領がいいせいか順調に出世をかさね、五年前から大阪府警察本部に転属し、捜査四課の管理官になった。五十六歳の警部である。

――松井組と西陽建設の腐れ縁を炙《あぶ》りだしてくれ。それと、信用のおける探偵を紹介してほしい――

北新地にある焼肉店の個室でそう切りだした。

餅は餅屋だ。富永はミナミを所管する南署にも在籍していた。松井組の幹部ともつき合いがあったと聞いている。探偵を依頼したのはこちらの動きを感づかれないためである。極道どうしのいざこざとはわけが違う。

富永は思案するふうもなく長尾の名前を口にした。

――元部下だ。三年前に退官し、細々と探偵稼業をやっている。不器用で、うだつのあがらん男やが、仕事はきっちりこなす――

あんたと真逆の気性なら安心や。言いそうになった。

富永からの情報を聞いて、当面の標的を吉本に絞った。

吉本は西川土建に入社し、三代の社長に仕えた。裏方の仕事に徹し、反社会勢力とのつき合いもひろいという。松井組や、その前身の山藤組ともかかわりが深く、六十九歳になるいまも彼らと遊び歩いていると言い添えた。

白岩は長尾に話しかけた。

「富永とは古いんか」

「本部で世話になった」

長尾は表情をあらわさずにものを言う。億劫そうにも見える。

女がコーヒーを運んできた。

香りに誘われ、カップを持った。意外なほど美味い。煙草を喫いつけた。ゆっくりと紫煙を吐き、ズボンのポケットをさぐった。三十万円をテーブルに置く。

「経費や。領収書はいらん」

長尾がさっと手を伸ばした。

札束はジャケットの懐に消えた。また手が伸びる。

「調査料も前金で」

「なんぼや」

「二週間で四十万円」

「足元を見るな。まじめな極道は貧乏なんや」

長尾が目をしばたたいた。初めて見る表情の変化だった。

白岩は三十万円をたした。札は裸でポケットに入れている。

「終日監視ならバイトもいる……まあ、いいか」

ぶつぶつ言いながらもカネを手にした。

背に腹は替えられないか。マル暴担当の刑事は退官後のつぶしが効かない。

事実上のクビか。そう訊いたときの富永の言葉は憶えている。

――辞職だ。やつは自分が手錠をかけた男の情婦とできた。ばれたらクビやが、それが知れたのはやつが辞めたあとよ。男は傷害と恐喝の罪で六年の懲役……肺がんで服役中に死んだ。その直後に退官した――

それを聞いて、白岩は即断した。

長尾の胸中は知る由もない。が、なんとなくほっとする話だった。

メルセデスに戻ったところで携帯電話が鳴った。優信調査事務所の木村だ。きのう鶴谷から依頼を請けたと聞いて、迷うことなく木村に連絡した。これまでも鶴谷には内緒で連携してきた。

「わいや」

《木村です。さっそくですが、長尾裕太《ゆうた》について報告します》

大阪府警の富永に長尾の個人情報を訊くのは控えた。推薦人に礼を失する。かといって長尾に関する知識がなければ不安が残る。

元公安捜査員の木村なら警察データを容易に入手できる。

《長尾は職務に忠実な男だったようです。女の件ですが、拾い集めたのはうわさの類で、ほんとうのところは判断しかねます。というのも、長尾は人づき合いが苦手のようで、かつての同僚たちも彼の私生活をほとんど知りませんでした》
「無口で、ぶっきらぼうな男よ」
《会われたのですか》
「さっき別れた。印象は悪くない。媚《こび》を売る輩よりはるかにましや。西陽建設の吉本常務を監視する理由も訊かなかった」
《なるほど。長尾は、寝屋川《ねやがわ》市のアパートで女と七歳の娘と暮らしています。娘は女と元情夫との間に生まれた子です》
「籍は入っているのか」
《いいえ》
「探偵稼業は順調か」
《詳細は把握できていません。が、楽ではないようです》
「暴力団とのしがらみはどうや」
《その点は安心していいと思います。現役時代に特定の人物や組織と親しくしていたという情報はありません。南署に在籍中は松井組の組員を逮捕しています》

「罪状は」
《賭博開帳図利《とり》と売春の容疑です》
白岩は頷いた。
どちらも微罪である。長尾が松井組と親しければ、捜査情報を流しただろう。マル暴担当の刑事は暴力団と持ちつ持たれつの関係を築いている。
「鶴谷はどうしている」
《自分は、あの人が何をしているのか、聞いたことも訊ねたこともないです》
木村は鶴谷を指してあの人という。
「そういう男よ。何でもかんでもひとりで背負いたがる」
《あの人の心遣いでしょう》
「かも知れん。けど、わいはじれったい」
笑ったような気配が伝わってきた。木村もそう思うことがあるのか。
《感づかれたかもしれません》
「ん」
《自分と白岩さんの仲です。調査依頼を受けたとき、関西のほうはどうするか訊ねたら、東京に専念しろと、そっけなく返されました。理由はわかるだろう……そう言っ

ているような顔にも見えました》

「気が咎めるなら鶴谷に話してもかまわん」

《やめておきます。自分の密かな愉しみですから》

「悪趣味や」

こんどは笑い声が聞こえた。

《そちらの方面でお手伝いできることはありますか》

「ない。大阪はわいの庭や。警察情報以外はあてにせん」

《では、東京に専念します》

通話が切れた。

「これからどちらへ」坂本が訊いた。

「梅田や。うちの顧問弁護士の事務所はわかるか」

「はい。若頭のお伴で行ったことがあります」

あいつ、弁護士と話ができるんか。戯言《ざれごと》を言っているひまはない。

鶴谷に有利な情報をかき集める。頭にあるのはそれだけである。

通りには〈無料案内所〉の看板が目につく。土曜でもミナミの宗右衛門町は賑わっていた。飲食店の大半が休業の北新地は野良猫がのんびり歩いている。

きょろきょろする坂本に声をかけた。

「おまえも世話になっているんか」

「用がないです。行先が違います」あっけらかんと言う。

ミナミの案内所は性風俗店の紹介を禁じている。

路地角に男が立っていた。探偵の長尾だ。寒がりなのか。夜を徹する覚悟なのか。

スプリングコートに両手を入れている。

――ひとりで宗右衛門町のキャバクラに入った――

三十分前に長尾から連絡があった。

白岩はそばに寄った。

「どこや」

長尾が顎をしゃくった。

「左手の三軒目のビル。三階にジェラシーという店がある」

「中を覗いたか」

「顔がさす。経費もかかる」

「気を遣わせて、すまんのう」

さらりと言った。

喫茶店での白岩の冗談を真に受けたとは思わない。経費をうかしたいのか、依頼主への配慮か。長尾の価値観によるものなのかもしれない。

「どうする気や」

「わいも遊ぶ」

にやりとしてその場を離れた。


アップテンポの音楽が流れている。音がおおきい。八分ほどの入りか。どの客席からも笑い声が聞こえてきそうだ。

白岩は奥の席に目を留めた。吉本がいる。西陽建設の役員と幹部社員の顔は写真で覚えた。優信調査事務所の木村がメールで送ってきた。連れがいる。その男の顔には見覚えがある。松井組の組長だ。業界の宴席で挨拶したことがある。

黒服が寄ってきた。

「お待ち合わせですか」

「お初や。案内してくれ」

「かしこまりました」

黒服に案内され、客席に座った。吉本らとは五メートルほど離れている。

「ご指名の女性はいますか」

「おらん。わいの好みの女を頼む」

「当店はお客様好みの女性ばかりです」澄ました顔で言う。

「何よりや」

言って、白岩は煙草をくわえた。黒服の動きを制した。火は自分でつける。

坂本はここでも目を泳がせている。

黒服と入れ違いに二人の女がやってきた。

どちらもカクテルドレス。胸の谷間が窮屈だ。股下数センチ。ポッキーのような脚をこれ見よがしにさらしている。

丸顔の女がとなりに座った。長いエクステンションの睫毛《まつげ》は埃が積もりそうだ。

「ミユウです。ミーちゃんと呼んで」

「ミーちゃんは処女か」

「そう。四時間前から」

「どうりで肌がしっとりや」

「ほんま。もっときれいにして」

「まかさんかい。とりあえず、安物のボトルをくれ」

ミユウが手を挙げる。

そのときはもう黒服が近づいていた。ワゴンを押している。ステンレスのボトルクーラーとワイングラスが見えた。

黒服が取って付けたような笑みをうかべた。

「松井様からです」

「やった」ミユウが声を発した。「うち、ワイン、大好き」

「松井を知っているのか」

「誰、それ」

ミユウがきょとんとした。他人の話には興味がないらしい。

ボトルの栓を抜き、黒服がグラスにワインを注いだ。

「おいしい」別の女が言う。「これ、うちでは二十万円」

「あ、そう」

ひと口飲んだ。ぶどうジュースのようだった。

「息子の相手をしてやれ」

女たちに言い残し、席を立った。吉本らの席にむかう。

松井と目を合わせた。

「気を遣わせてすみません。あんな高級なワイン、口が腫れますわ」

「なんの」松井が鷹揚に構えた。「白岩さんを見かけて無視するわけにはいかん。ここはミナミ、うちの島内や」

「気づかずに、挨拶が遅れてすみませんでした」

丁寧に返した。うそも方便も湧き水のごとく思いつく。

席を勧められ、白岩は補助椅子に腰かけた。

松井の表情が締まった。さぐるような目つきになる。

たしか六十三歳。細身で、顔は骨ばっている。ロマンスグレーが自慢なのか、白いものがめだつ長髪が両耳を隠している。

「きょうはミナミで何ぞあったんか」

「うどんを食いに来たんです。ひやかしに覗いた案内所で、わい好みの女がぎょうさんおると聞きましてね」

松井が相好《そうごう》を崩した。歯並びが悪い。

「つぎはひと声かけてくれ」

「そうします。ほな」

腰をうかす前に松井が吉本に声をかけた。

「花房組の白岩組長や。なかなかの男と評判よ」

吉本が目を合わせた。

「吉本です」

「どちらの。神戸ですか」

白岩は真顔を繕った。

「冗談きついで」松井が口をはさむ。「こんなやさしい顔の極道はおらんやろ」

「わいも極道の顔やないと、よう言われますねん」

同席する女たちが吹きだしそうになる。

吉本が名刺を手にした。

「西陽建設の吉本です」

「ご丁寧に。あいにく名刺を忘れましてて」

名刺をポケットに収め、腰をあげた。

「機会があれば三人で飯でも食おう」

松井のひと言は右から左に聞き流した。

二時間ほど遊んで店を去った。

長居をするつもりはなかったが、たのしそうな坂本を気遣った。おかげで喋りすぎた。となりに座った女を口説くは男の務め、飲み屋でのマナーでもある。ホステスは口説かれてなんぼの稼業なのだ。

一階のエントランスにむさくるしい男らが立っていた。どこからどう見ても間違えようのない極道面である。入るときは見かけなかった。

松井を迎えに来たのか。自分を警戒して松井が呼んだのか。

坂本の足取りが軽い。ハミングが聞こえてきそうだ。

「おまえ、動物園が好きなんか」

「はい。目の保養になりました」

「和歌山に行って、パンダの乳でも吸うてこい」

坂本が首をすくめた。調子に乗ると鉄拳が飛んでくるのを知っている。

「まさかの展開でしたね」

「松井を見たとき、ああなるとは思うた。安物のワインには閉口したが」

路地角に長尾の姿はなかった。

案じることはない。むさくるしい連中を見て場所を移ったのだろう。

★　★

六尺棒を持つ男が手のひらを口にあてた。おくびを放ったのだ。

南署の前を過ぎ、信号を左折した。マンションが林立している。

稲川忠朋《いながわただとも》は鼠色のマンションのエントランスに入った。操作盤の前に立ち、インターホンの501を押した。カメラレンズを睨みつける。

《どちら様で》

「顔が見えんのか」

《叔父貴……失礼しました》

自動ドアが開いた。

エレベーターで五階にあがる。

五〇一号室のドアは開いていた。坊主頭の男が突っ立っている。

「ご苦労様です」

「兄貴はおるか」

「はい」

靴を脱ぎ、廊下を進んだ。３ＬＤＫ。奥に応接室がある。

松井はコーナーソファに座っていた。左腕をソファの背に伸ばしている。不機嫌そうだ。顔を見ればわかる。慎重居士のくせに気が短く、感情を表にだす。

「何の用です」

つっけんどんに言い、空いているほうのソファに腰をおろした。

不機嫌なのは稲川もおなじである。女と映画を観に行く予定だった。家で女が身支度を整えているさなかに携帯電話が鳴った。呼ばれるとは思わなかった。

――すぐに来てくれ。話がある――

返答を渋るうちに通話が切れた。舌を鳴らした。

松井が左腕をおろした。額に深い二本の溝ができた。

「東京が面倒になりそうや」

「例の土地ですか」

「ああ。むこうは代理人を替えた。鶴谷という捌き屋が相手になる」

「どういうことは……」

「ある」松井が声を強めてさえぎる。「凄腕の男らしい。それだけならどうということもないが、鶴谷の相棒がめざわりや」

「何者ですか」

「一成会若頭補佐の白岩光義。花房組の組長よ」

「…………」

稲川は目を見張った。

確かに厄介な男である。面を合わせたことはないが、うわさは耳にしている。かつての親からも白岩の武勇伝を聞かされたのを思いだした。

「知っているのか」

「名前だけは。白岩が表に立ったのですか」

松井が首をふる。忌々しそうな顔に変わった。

「きのう、ミナミにあらわれた。キャバクラでばったり。無視するわけにもいかんさかい、ボトルを運ばせ、話をした」

「東京の話をしたのですか」

「するか。むこうもとぼけていた。けど、気になる。俺は西陽建設の吉本と一緒やった。白岩が俺か吉本を尾けていたとも考えられる」

「偶然かも」

「だとしても、油断ならん」

「…………」

稲川は口をつぐんだ。

そんな話をするために呼んだのか。怒鳴りたくなる。松井は猜疑心《さいぎしん》の塊である。それが昂じて妄想がふくらむ。何度も体験している。

「頼みがある」松井が言う。「先代に会《お》うてくれんか」

「何のために」

「鶴谷は合志プランニングに乗り込み、専務の横山と面談した。先代との関係を問われ、威されたらしい。西陽建設にも電話をよこし、交渉再開を告げた」

「条件をつけたのですか」

「二つの土地を四十億円で買い取るとぬかした」

「西陽建設の事業参加は」

「なしよ。最初の合意を反故《ほご》にしたペナルティーやと言われたそうな」

「無視したらよろしい。あの土地なしで再開発はできん。都庁の強い要望もあるさかい、事業を断念するわけがない」

「それはそうやが……一瞬先は闇よ。法律を盾に交渉する弁護士なら気にかけることもないが、何をしでかすかわからん捌き屋が相手となれば勝手が違ってくる。こっちも気を引き締めてかからなければ痛い目に遭う」

「先代にそんな話をせえと」

松井が顔をしかめた。

遠慮会釈のないもの言いが気に入らないのだ。

気にしない。松井が自分の存在を煙たがっているのは承知している。

稲川は先代のボディーガードを長く務めていた。そのせいでしのぎは儘《まま》ならず、人づき合いが下手なこともあって、自前の組を持てなかった。もっとも極道社会でのしあがれる器量があるとは思ってなく、他人の出世を妬むこともなかった。だから、絶えず山藤のそばにいることに満足していた。

しかし、山藤の突然の引退で環境が激変した。山藤の引退は獄中で聞いた。傷害および銃刀法違反の罪で四年半の実刑判決を受けていた。

出所後は、山藤の意向に従い、盃を直して松井組の舎弟になった。そのことに不満はなかった。極道で飯が食えれば充分だった。これというしのぎはなくても、山藤が飯を食えるだけの仕事をくれた。

松井はそれが気に入らないようで、次第に自分を遠ざけるようになった。それでも邪険には扱わなかった。組織を禅譲してくれた山藤に頭があがらないのだ。引退のさい、山藤は個人的なものを除き、しのぎもそっくり松井に譲ったのである。松井組の古参連中の中にはいまも山藤を慕う者がいる。

「欲をかきすぎや」

松井がつぶやいた。

「どういう意味ですの」

「四十億円と西陽建設の事業参加……それでまとまりかけていたものを……」

松井が言葉を切った。

稲川は左腕を太股にのせた。背をまるくし、目で凄む。

「あれは先代のしのぎや。兄貴もおこぼれに与っているやないか」

「わかっとる。けど、むこうに突っぱねられたら元も子もなくなる。そのへんのことを先代に進言してくれんか」

「…………」

稲川は口をへの字に曲げた。

自分で言え。声になりかけた。山藤の松井へのひと言が思い留まらせた。

――西新宿の土地に関する相談は稲川を経由せえ。立場上、矢面に立てんが、あの物件は俺が仕切る。西陽建設にもそう言うてある――

最後の親孝行のつもりで交渉をまとめろ。そう言い添えた。

松井に反論の余地はなかった。西陽建設との縁も山藤が築きあげたのである。

頭にうかんだことが声になる。

「えらい弱気やけど、相手につけ入られるような弱みでもありますのか」

「そんなものはない。何度も言わせるな。交渉事には思いもよらんことがおきる。まして、相手は名うての捌き屋。やつの背後には白岩がおる」

「めざわりなら消したらどうよ」

松井が顎を突きだした。

「殺《や》ってくれるんか」

「ここには元気すぎる若い者がいてますやろ」

「代紋をさらすわけにはいかん」

「なんやて」

声が引きつった。眦《まなじり》がつりあがる。

松井が両手を突きだした。

「すまん。つい、口が滑った」

稲川はあんぐりとした。

舎弟の稲川を身内とは思っていないのだ。

松井の顔を見ているだけで胸が悪くなる。ぐるりと首をまわした。

北区にある天神橋筋商店街のパチンコホールに入った。やたらうるさい。日曜の午後ということもあるのか、店内は七分ほどの客が入っていた。

中ほどの島で女を見つけた。足元にはドル箱が積んである。

松井組事務所を出て女の携帯電話を鳴らした。が、女は電話にでなかった。メールを送ると、五分ほど経って返信が届いた。

——ごめん。気づかなかった。パチンコ屋にいます——

同居人の朱美《あけみ》である。ひと回り下の三十一歳。顔も身体もふっくらしている。おおらかな性格で、ものごとに動じない。すべてが大雑把ともいえる。

三年前にマッサージ店で知り合った。初対面のとき、マッサージベッドで眠ってしまった。朱美によれば、気持よさそうに寝息を立てていたという。何度か通い、食事に誘った。朱美はいまもマッサージ師を続けている。

稲川はとなりの空き台に座った。

「稼ぎがええのう」

「びっくりやわ。あんたが帰ってくるまでのひまつぶしのつもりが……ごめんな。連チャンがおわったら止めるさかい」

「止めんでええ。運を粗末にしたら罰があたるで」

ドル箱は二列、九箱ある。

「俺も遊ぶわ」

「ほな、これを使い」

プリペイドカードを受け取り、サンドに挿した。


商店街は灯がともっていた。午後七時半。パチンコ店では長居になった。稲川の台も連チャンに突入し、二人で十七箱をせしめたのだった。

稲川は肩をぐるぐるまわした。

「パチンコはけっこう疲れるのう」

「あとで揉んであげる」

「その前に飯や。どこで食お」

朱美が前方を指さした。

「あそこの中華屋の餃子、好きやねん」

すこし歩き、赤暖簾をくぐった。

七つのテーブル席がある。二組五人の先客がいた。

「いらっしゃい」

女の店員が声を発した。空いたテーブルを片づけている。チャンという名の中国人留学生である。かわいらしく、愛想もいいので客に人気があるという。

手前の席に座った。

チャンが水と灰皿を運んできた。

「ビールとザーサイ、餃子」

「餃子は二人前」朱美が言う。「酢豚とエビチャーハン、玉子スープもお願い」

稲川にも声をかける。

「たまにはええよね」

言って、肩をすぼめた。

朱美は体重を気にしている。痩せるつもりはなさそうだが、食事の量はいつも気にする。マッサージ店の客にからかわれるそうだ。

「気にするな。痩せたおまえに魅力はない」

朱美が笑う。おたふく顔になった。

チャンは口元に笑窪《えくぼ》をつくった。

ビールで乾杯したあと、朱美が顔を近づけた。

「ややこしい話だったの」

朱美は稲川が松井を嫌っているのを知っている。

「たいしたことない」

「それならええけど……嫌なら縁を切ってもかまへん。うちが養う」

「あほか。極道を辞めても、おまえの世話にはならん」

グラスを空け、ビールを注いだ。

極道に未練はない。松井に盃を返されたらよろこんで従う。だが、先代の山藤には恩義がある。こうして暮らしていられるのも山藤のおかげである。山藤が健在でいる間は極道を辞めるわけにいかない。

料理が届き、テーブルは皿で埋まった。

朱美が箸を動かした。料理を口にするたび頬がさらにふくらんだ。

「しばらく忙しくなるかもしれん」

「ええよ」

朱美があっさり言った。

「ほんま、おまえはのどかでええわ」

「それ、褒めているの」

「ああ。百キロを超えてもおまえを捨てん」

「どうしたん。なにがあったの」

「何もない」

視線をおとし、餃子をつまんだ。具がぎっしり詰まっている。酢豚も食べ、朱美が注文した玉子スープも飲んだ。どれも美味い。味覚は気分で変わる。

箸を置き、煙草に火をつけた。ふかし、話しかける。

「けりがついたら、温泉でも行くか」

「うん」朱美が声をはずませた。「秘湯に行きたい」

「熊がでるで。おまえのにおいに誘われて」

朱美が目をぱちくりさせた。

「あかん」顔を寄せる。「はよ帰ろ。うち、したくなった」

「俺もや」

料金を払い、店を出た。

腕を絡めて商店街を歩き、路地に入った。

古い住宅が密集する地域のアパートに住んでいる。

――家賃はむだや。部屋におカネをかける人の気が知れんわ――

初めて稲川のマンションに来たとき、朱美がそう言った。

同居のきっかけになったひと言だった。

★

★

左手を開いては閉じる。何度もくり返した。痺れる感覚がある。左腕も左脚も同様で、目覚めたときから続いている。

もう十五年になるか。深夜に息苦しくなり救急車を呼んだ。救急治療室に運ばれ、診察のあと点滴を投与され、口に紙袋を被せられた。パニック発作。医師に告げられたとき、「なんや、それ」と訊き返したのを憶えている。

精神疾患の一種で、ストレスが原因で発症することが多いと言われた。そんなものと高を括っていたが、一過性の症状ではなかった。顔や左半身の痺れを我慢しているうちに左腕にミミズ腫れのような湿疹ができ、身体が硬直しはじめる。舐めてかかったせいで幾度か救急車の世話になった。発症して十年ほどは発作を鎮める精神安定剤を手放せなかった。発作がおきなくなって服用をやめたが、今度は禁断症状に見舞われた。強い副作用のせいだ。幻覚症状は半年におよんだ。

——完治したと思わないほうがいい——

医師の言葉を思いだした。

空を見上げ、ゆっくり息を吐いた。

発作は天災のようなものだ。そう思うしかない。

アルファードが近づいてきて、鶴谷の前に停まった。

ドアを開き、乗り込む。アルファードは白金台のマンションから遠ざかった。

木村がカップホルダーを持った。

動く前線基地は特別仕様車で、後部座席には細長いテーブルがある。特殊な通信機器のほか、小型冷蔵庫やコーヒーメーカーなども搭載してある。

鶴谷はコーヒーを飲み、煙草を喫いつけた。

木村が書類をテーブルに置いた。

「AとBの地歴と、所有者の一覧です」

鶴谷は顔をしかめた。

まずは土地の履歴をたどる。そう決めて木村に指示をだした。

現在と過去の所有者の資産状況を調べるのが目的だった。土地購入の資金はどこから調達したのか。個人資金なのか、金融機関からの借入か。土地購入に至るまでのカネの流れを辿《たど》り、原資が山藤につながれば勝算が見えてくる。

山藤の購入時とは異なり、改正暴力団対策法や暴力団排除条例によって、暴力団関係者の不動産売買は厳しく制限されている。全国の自治体が施行する暴力団排除条例は契約締結のさい〈暴力団排除条項〉を定めるよう求めている。

帝都電鉄と加山建設の合同弁護団もそこに着目したはずである。が、連中は活路を見いだすことができなかった。

土地Bの一覧を見て、その理由がわかったような気がした。

所有者名、年齢、購入価格、購入年月の順にある。

山藤和子　七十三歳　二億六千万円　一九八五年八月
津島　譲　故人　三億八千万円　一九九八年三月
鈴木伸一　故人　四億一千万円　二〇〇五年四月
宇野道子　八十一歳　四億六千万円　二〇一二年一月
向井雅人　故人　四億九千万円　二〇一三年三月

國村恭平　五十六歳　五億四千万円　二〇一五年三月

六名のうち三名が死亡している。

木村が口をひらく。

「死亡した三名の銀行口座は閉じられていました。宇野道子の入出金明細を調べましたが、土地購入時の記録は期間対象外で保管されていませんでした」

「三人の死因は」

「いずれも病死です。死亡診断書を見ましたが、不審な点はありませんでした」

鶴谷は頷いた。

警察の伝《つて》を使い、木村は住民基本台帳を閲覧したのだ。

住民基本台帳は個人情報の宝庫である。行政は国民の不安や反発をおそれて公にしていないが、出自に経歴、犯歴に渡航歴や病歴、収入など資産状況に至るまで何でもわかるという。犯罪捜査等の名目で手続きを踏めば閲覧できるのだから、いまや国民はガラス張りの部屋で暮らしているようなものである。

「宇野道子は健在か。資産状況はどうや」

「きわめて裕福な暮らしぶりです。夫は中堅運送会社の創業者で、七年前に肝臓がんで死亡。道子は不動産や有価証券のほか、運送会社の株の三十二パーセントを所有しています。あの土地の現金購入も可能だったと思われます」

「………」

鶴谷は口をつぐみ、窓のそとを見た。

そんな人物があの土地を買う理由が思いつかない。

路上に舞う埃がきらめいている。

ちりちりと神経にふれた。無意識に右手で左腕をさすった。痒くはない。が、痺れる感覚はある。気のせいだとわかっていても、気になる。

「どうしました」

木村の声に視線を戻した。

俺の病歴も知っているのか。訊きたくなるような顔つきだった。

「Aの土地、大阪のイベント会社のほうも調べたか」

「はい。KA企画は西陽建設の子会社です。社長の辛島《からしま》は大阪府や大阪市に人脈を持ち、行政直轄のイベントを手がけているそうです。創業以来、経常収支は黒字続き。土地購入の原資を調べましたが、個人情報のように簡単には行きません。ただ、購入時の前後に金融機関からの融資を受けたという記録はありませんでした」

「わかった」

そっけなく言った。

ＫＡ企画と辛島社長に関しては白岩に調査を依頼してある。

「これからどうされます」木村が訊いた。

「宇野道子に会う。どこに住んでいる」

「世田谷区上野毛《かみのげ》の老人ホームです」

「身内はおらんのか」

「います。長男は運送会社を継ぎ、長女は文部科学省の官僚と結婚。長男は実家、長女は実家の敷地内に家を建てて暮らしています。周辺住民によれば、宇野道子はのんびり暮らしたいとホームへの入居を望んだそうです」

「老人ホームに行く」

木村が運転手に指示し、ショルダーバッグを開いた。

「これを使ってください」

十枚ほどの名刺と身分証を手渡された。

名刺には〈優信調査事務所　主任調査員　鶴谷康〉とある。身分証も同様の肩書だった。顔写真が貼ってある。

数年前の自分を見て苦笑が洩れた。写真を撮られた覚えはない。

「老人ホームはセキュリティー管理が厳しく、警備員が常駐しています。事務所に問い合わせがあっても対応できるようにしました」

「警備会社とコネがあるのか」

「ないです。が、何とかなります」

警察人脈を動かすのだ。

木村と知り合わなければ仕事の半分は完遂できなかっただろう。


彫金が施された鉄扉は閉じられていた。

門柱に人工大理石のプレートが嵌め込まれている。『上野毛グリーンガーデン』。彫られた文字は黒く塗ってある。

鶴谷は中を覗いた。かなりひろい。建物まで約二十メートルか。門の内側にちいさなコンクリートの建物がある。

「認知症の人が徘徊しないよう警備をしているそうです」

言って、木村が門柱のインターホンを押した。

紺色の制服を着た男があらわれた。おだやかな表情をしている。

「どちら様ですか」

「木村と申します」名刺を差しだした。「こちらに入居されている宇野道子さんに面会するために参りました」

「ご本人との約束は」

「いいえ。お取り次ぎ願えませんか」

「一階の受付で手続きを踏んでください」

警備員がリモコンを操作する。鉄扉が静かに開いた。

木村を残し、鶴谷は敷地に入った。

左右にひろがる木立の緑があざやかだ。小鳥のさえずりも聞こえる。

エントランスに足を踏み入れた。

正面の壁画は中世の宗教画を連想させる。鶴谷は首をかしげた。ここは入居者を天国に誘《いざな》う館なのか。間近に死と直面している者はどう眺めるのだろう。

左側の受付カウンターには中年の女と制服を着た警備員がいる。

鶴谷は名刺をカウンターに置いた。

「宇野道子さんに面会したいのですが」

「どういうご用でしょう」女が言う。

警備員が腰をうかせて名刺を見た。しかつめ顔をしている。

「探偵さんか」

「いいえ。企業専門の調査会社です」

「企業が高齢のご婦人に何用かね」

「内容は申せませんが、資産に関することです」

「勧誘ならことわる」

「事実関係の調査です」

警備員が眉根を寄せた。警察官が使う表現を気にしたか。

女が固定電話の受話器を手にした。短いやりとりのあと顔をむけた。

「ご本人に意思確認を行ないます。しばらくあちらでお待ちください」

「お待ちください」

女が手のひらをかざした。

その先に円形テーブルとソファがある。パンフレットを持ってソファに移った。

一人部屋、九十歳未満の入居金が三千万円から五千万円。月額使用料は二十八万円から三十八万円まである。充実した医療体制も記されている。

五分ほど待たされ、名前を呼ばれた。

「宇野さんはお会いになるそうです。エレベーター脇のドアを開ければ中庭に出られます。宇野さんは中庭の藤棚のベンチにおられます」

「顔はわかりますか」警備員が訊いた。

「承知しています」

鶴谷は即答した。顔写真を見たばかりである。


藤棚の下のベンチに小柄な老女が座っていた。

藤の花の大半はしぼみ、くすんでいた。

黒っぽいロング丈のスカートの裾が風になびいている。白いブラウスに淡いピンクのカーディガン。銀髪は後ろに束ねてある。

鶴谷は、ほほえみながら近づいた。

「宇野さんですか」

「そうです」

やさしい声音だった。

目が澄んでいる。何の苦労もなく、人を疑うことなく生きてきたのだろうか。八十歳を過ぎた人の目とは思えなかった。

名刺を手にしかけて止めた。無意味なような気がした。

「鶴谷と申します。お訊ねしたいことがあって参りました」

「どうぞ」

宇野が身体をずらした。

鶴谷はとなりに腰をおろした。

「何かの調査をされているのですか」

「ええ。宇野さんが以前に所有していた土地のことを調べています」

「どこの土地でしょう」

自宅のほか、宇野は西伊豆や谷川岳の近くに別荘を持っている。

「六年前、西新宿の土地を購入されましたね」

「ええ」

「住宅地でもなく、テナントビルを建てるにしては狭すぎる土地を購入された理由を教えていただけませんか」

「あれは、先生に頼まれたの」

「先生とは」

「民和党の平川豊先生……三年前にお亡くなりになったけど……夫は平川先生と同郷

でしてね。後援会に入り、東京支部のお世話をしていました」

「どちらのご出身ですか」

「和歌山よ。平川先生とは高校もおなじで、夫は二年後輩でした」

「そうですか。あの土地を購入したのはご主人が亡くなられた一年後ですね」

「よく調べているのね」

宇野が目を細めた。

こもれ陽が宇野の顔に紋様を描いている。

「会社のこと、相続のこと……先生にはいろいろお世話になりました。先生は大阪の知人に頼まれたとか……わたしは恩返しのつもりであの土地を買いました」

「売主の方とは縁がなかったのですか」

「一面識もないわ。手続きは代理人にまかせました」

「所有していたのは一年ちょっと。ずいぶん早く手放されましたね」

「あら」意外そうな顔をした。「そうでしたか。売却も先生の言われるままに。わたしは興味がなくて……土地を見に行ったこともなかった」

「あそこは元々、ある私鉄の所有地でした。周辺地区の再開発事業を行なうにあたって土地の一部を売りにだしたのです」

「そう。初めて聞きました。あの土地が問題になっているの」

「そんなところです。もちろん、宇野さんには何の関係もありません。ところで、東京の合志プランニング、大阪の西陽建設をご存知ですか」

宇野が首をかしげた。

まぶしかったのか、目をしばたたく。

「いいえ。宇野運輸とかかわりのある会社ですか」

鶴谷はゆっくり首をふった。

言質《げんち》は与えたくない。宇野は認知症とは無縁のようだ。

「そうだとしても、もうずいぶん経営にはかかわっていないのでわかりません」

「けっこうです。お寛ぎのところをお邪魔しました」

「もういいの」

宇野が虚を衝かれたような顔をした。

「あなた、関西出身よね」

「ええ。訛がきついですか」

「夫は標準語で喋っているつもりでも、関西訛が消えなかった。またお会いする機会があれば、サロンでお茶を飲みましょう」

「ぜひ」

鶴谷は立って姿勢を正し、腰を折った。そうしたくなる人物は滅多にいない。

門へむかって歩きだし、ブルートゥースを操作する。

「音は拾えたか」

ジャケットの胸ポケットに小型のＩＣレコーダーを忍ばせている。

《ばっちりです》木村が答えた。《証言のウラを取ります》

「死亡した平川議員に山藤組や西陽建設との接点があったかどうかをさぐれ」

宇野道子が西新宿の土地を購入した当時、山藤組は存在していた。

前後の所有者が死亡していたのは痛手だが、宇野の土地購入に山藤がかかわっていれば一筋の光明になる。前後の所有者もその可能性があるということだ。

アルファードに戻った。

「手配しました」木村が言う。「存命中の平川は選挙期間と盆正月以外は東京にいたそうです。和歌山の事務所および後援会の人脈を中心に調査します」

「ええやろ」

鶴谷は窓を見た。青空がひろい。左半身の不快感は消えていた。宇野の佇まいのおかげか。相手の態度次第では精神安定剤の服用も覚悟していた。

「これからどちらへ」

「白金台に帰る」

家で確認したいことがある。

木村が運転手に声をかけた。

車が動きだしてすぐ木村の携帯電話が鳴った。短いやりとりのあと視線をむけた。険しい表情に変わっている。

「加山建設の笹倉取締役が東海道新幹線に乗ったそうです」

「行先は」

「確認できていません。調査員も乗りました」

鶴谷は腕の時計を見た。午前十一時十分を過ぎたところだ。

「鶴谷さんの不安が的中しそうですね」

「不安やない。俺の周りは敵だらけよ」

「自分も、ですか」

木村が目元を弛めた。

「そう思えば、裏切られたとき、諦めがつく」

「憶えておきます」

「忘れろ。心の狭い人間になるぞ」

「………」

　木村が肩をすぼめた。目が何かを言っている。

　鶴谷は無視し、スマートフォンを手にした。

《わいや》

　破声が鼓膜をふるわせた。

「頼みがある」

《何や。結婚式の仲人か》

「それぱかりは死んでも頼まん。おまえは葬儀の委員長むきや」

　言いながら笑みがこぼれた。宇野と白岩。平常心を取り戻せた。

《用を言わんかい》

　鶴谷は送話口を手でふさいだ。「乗車時刻は」

「十一時発、新大阪行きの八号車。グレーのスーツに茶色のネクタイです」

　木村がすらすら答えた。

　誰と話しているのかわかるのか。聞きそうになる。手を離した。

「新大阪駅に行ってくれ。加山建設の笹倉という役員が新幹線に乗った。東京十一時発の八号車。グレーのスーツに茶色のネクタイ。このあと写真をメールで送る」
《どついて攫《さら》うんか》
「監視や。できるか」
《まかさんかい》
「頼む。笹倉が途中で降りたら連絡する」
通話を切り、息をつく。
白岩は加山建設が依頼主側の企業だと知っている。それなのに監視する理由を訊かなかった。鶴谷の頭の中も読めるようだ。

電話で菜衣が部屋にいるのを確認し、ベランダの梯子を降りた。

菜衣がコーヒーを運んできた。

「お昼は」

「あとで食いに行こう」

菜衣の目が糸になる。

「その前に三、四年前の閻魔帳を見せてくれ」

何か言いかけたが、菜衣は黙って隣室に消え、すぐに戻ってきた。

「誰のことを知りたいの」

「民和党の平川議員」

「三年前に亡くなられた平川先生ね」

菜衣が閻魔帳を開いた。

「菜花の開店のときご祝儀とお花をいただいた。初対面だったからびっくりした。そのときの恩義もあって、先生の葬儀に参列したの」

「最初は誰かが連れてきたのか」

「たしか、四菱不動産の方だった。平川先生は建設族議員のまとめ役的存在だと聞いた憶えがある。年に二、三回は来ていただいた」

「同行者は」

菜衣が閻魔帳をめくった。

「これを見るかぎり、ゼネコンと不動産会社……そうそう。秘書の水沼《みずぬま》さんも。彼は先生の五倍くらい来ていたと思う」

「支払いは企業か」

「そう。秘書は皆おなじよ。水沼さんはゼネコンに集《たか》っていた」

何かを思いついたような顔をして、菜衣が隣室との間を往復した。分厚い名刺ホルダーをテーブルに置き、開いて見せた。

和紙の名刺に〈衆議院議員　平川豊事務所　私設秘書　水沼寿《ひさし》〉とある。

「どんな男や」

「企業の役員とホステスには笑顔のバーゲンセールだった」

菜衣が肩をすぼめた。

鎖骨がうきあがる。水を張ればメダカが棲めそうな凹みができた。タンクトップにショートパンツかキュロットスカート。家での定番の身なりである。

鶴谷は私設秘書の名刺の横を指さした。

「こっちは」

「平川先生が亡くなられたあと、コンサルに転じたの」

横書きで、〈企業コンサルタント　寿企画　代表　水沼寿〉と印刷してある。

菜衣が続ける。

「この名刺を渡されたとき、何でも相談に乗ってやると言われた。わたしが席に近づかなかったせいか、次第にこなくなった。去年はゼロかな」

「人を見る目はありそうや」

笑って言った。
菜衣にカネのにおいがしなかったのだろう。あるいは、高嶺の花と悟ったか。
鶴谷はスマートフォンを手にした。
《はい。上野毛グリーンガーデンです》
「一時間ほど前に訪ねた鶴谷です。宇野さんと話したいのですが」
《お待ちください……おつなぎします》
《宇野です》
声音はおなじだった。
「鶴谷です。先ほどはありがとうございました」
《こちらこそ。ひさしぶりの来客で、たのしかったわ》
「恐縮です。ところで、平川先生の秘書だった水沼という方をご存知ですか」
《ええ。先生にあの土地のことを頼まれたあとは水沼さんと……わたしはほとんど聞き役でしたが。あの方が何か》
「どういう方でしょう」
《お口がお上手でした》
くすっと笑う声が届いた。

「もうひとつ、教えてください。この一年ほどの間に、弁護士か、その関係者が訪ねて来ませんでしたか」
《来たわよ。二度も》
鶴谷は首をひねった。
疑念が言葉になる前に、宇野の声がした。
《あなたが訊かないから話さなかったの。それが筋目でしょう》
「おっしゃるとおりです。で、あの土地の話でしたか」
《想像して。でも、最初は十分と話さなかった。二度目はことわりました》
「なぜです」
《わたしはわがままな性格で、人の好き嫌いが激しいの》
またかすかに笑う声がした。
「ありがとうございます」
頭がさがった。
菜衣が手のひらを口にあてる。
《ティータイム……憶えておいてね》
「はい」

通話を切った。

菜衣が口をひらく。

「康ちゃんの標準語、様になってきたね。相手によりけりかな」

鶴谷は首をまわした。

白岩も菜衣も見透かしたようにものを言う。

文句はない。無防備になれる者がそばにいるのは幸せである。

★　★

まもなく午後一時三十分になる。

ＪＲ新大阪駅23番ホームに人はまばらだ。

白岩は左右を見た。八号車の停車位置付近には身を隠せる場所がない。

「親分」和田が言う。「尾行するならもうすこし地味な服装のほうが……」

「うるさい。黒のズボンを穿いてきたやないか」

「黄色のセーターは……すみません。何色を着てもむりですね」

「どういう意味や」

「親分は存在感がありすぎて」

「他人様に注目されるのは男冥利よ。おまえもたまには派手な服を着んかい」

和田は暗い色の服ばかり着る。そもそも身なりに無頓着で、本部事務所ではジャージでいることが多い。そんな和田を買って、若頭に抜擢したのだった。

車両が進入してきた。

「顔は憶えたか」

「はい。服装も憶えました」

「おまえは七号車寄りのドアを見張れ」

列車が停まり、乗客が出てきた。

白岩は手を挙げた。合図だ。目の前をずんぐりとした男が通り過ぎる。左手にポーターのボストンバッグを提げ、右手はスマートフォンにふれている。

加山建設の笹倉のあとを追い、エスカレーターに乗った。

南口改札からそとに出て、タクシー乗場へむかう。

読み通りだ。白岩は携帯電話を耳にあてた。

「見えるか」

《はい。自分は乗場の前に待機しています》

白岩は足を速めた。追ってくる和田に声をかける。

「おまえは用済みや。事務所に帰れ」

読みがはずれたときのために和田を同行した。笹倉がＪＲの乗換え線や地下鉄、別の改札口を利用すれば和田に尾行させ、車で移動する予定だった。


左右を流れ去る看板には見覚えがある。

「行先は西陽建設のようですね」

運転席の坂本が言った。

白岩は携帯電話を手にした。

「白岩や。どこにおる」

《西陽建設の斜め前の駐車場や》

探偵の長尾が面倒そうに答えた。

前方のタクシーが停まった。西陽建設の正面玄関の前だ。運転手が降りてきて、左側のドアを開ける。笹倉が姿をあらわした。

「すぐそっちに行く」

返事を聞かずに通話を切り、坂本に声をかける。

「ここで待て」

歩道を歩き、駐車場に入った。

二十台ほどの車が駐まっている。手前の車のウインカーが点滅した。白いセダンは埃を被って灰色に見える。フロントバンパーが凹み、タイヤの溝が浅い。

白岩は助手席に乗り、シートを後方にずらした。

油臭い。ふりむくと、後部座席にフライドチキンの紙パックがあった。

「食事中にすまんのう」

「いま入った男を尾けてきたんか」

あいかわらず無愛想なもの言いだ。

腹は立たない。白岩も勝手気ままに振る舞っている。

「吉本も中か」

「ああ。女の社員と鰻屋に行き、一時間前に戻った」

見かけとは裏腹に、長尾は丁寧な仕事をする。

おといいもきのうも朝六時にファクスが届いた。報告書は手渡しするか、ファクスで、記録に残るメールは使わないという。西陽建設の吉本の行動は時系列に記され、服装や見た目の印象も付記してあった。

「助手を雇ったか」

「あんたの名前は言うてへん」

まともな返答になっていない。が、それも気にしない。

「どこにいる」

「カプセルホテルかサウナで仮眠中やろ」

「起こせ。仕事が増えた」

「人使いが荒いのう」

白岩はポケットから札束を取りだした。数え、二十万円を長尾の股間に置く。

長尾が手にし、シャツの胸ポケットに収めた。

「貧乏なんやろ」

「拳銃《チャカ》を質に入れた」

長尾が薄く笑う。

「助手に何をやらせる」

白岩は写真を渡した。

「さっきの男の監視を頼む。たぶん、一日二日のことや」

「素性は」

「加山建設の笹倉。本社の役員よ」

隠す理由はない。吉本の監視を依頼した時点で腹を括っている。

長尾が携帯電話を手にした。

「俺や。寝ているところをすまんが、すぐに来てくれ……西陽建設の前の駐車場におる……そうか。頼むわ」

携帯電話を畳み、顔をむけた。

「三十分でくるそうや。あんたは消えてくれ」

「そいつも車か」

「なんで訊く」

「その車を見かけたら、わいは離れる」

助手が到着する前に笹倉が出てくるかもしれない。


メルセデスに戻った。

坂本はハンドルに手をかけ、西陽建設の本社ビルを睨んでいる。

話しかけた。

「そう張り詰めるな。神経が持たんぞ」

「平気です」

「おまえはスマホと遊ばんのか」

「夜中にアプリのゲームをします」

夜は女のために使うもんや。言いかけて、やめた。

坂本は花房組事務所で寝起きしている。もう五年になるか。部屋住みの若衆では最古参である。大分生まれの坂本を伴って九州を旅して以来、気にはかけているが、坂本の日常生活はほとんど知らない。訊いたこともなかった。

「幾つになった」

「二十八歳になりました」

「そろそろ自立したらどうや」

「おふくろが心配します」

「ん」

「電話で親分の話をすると、おふくろがうれしそうなんです」

両親は日田市で農業を営んでいて、季節の野菜や果物を事務所に送ってくる。

「事務所に長居しとったら和田みたいになる」

「若頭は自分の理想です」

坂本が臆面もなく言った。

「わいやないんか」

「親分は異次元の存在。夜空に輝く星です」

「口が達者になったのう」

ひと睨みすると、坂本が身を縮めた。

怒ってはいない。坂本の言いたいことはわかる。

和田はしのぎには目もくれず、自前の組を持とうともせず、ひたすら先代の花房組長に仕えた。極道としてそれでいいのかという思いはある。が、和田のような男がいてくれるからこそ組織が成り立つのも身に沁みてわかっている。

「せめて家族は持て。あの不器用者の和田も二児の父親や」

「努力します」

「せんでええ。男と女は縁や。男と男も……縁は粗末にするな」

言いおえる前に傍らを水色のプリウスが通り過ぎた。ナンバープレートを見た。車が駐車場に入るのを視認し、坂本に声をかける。

「堺筋を南下して、南船場に行け」

白岩は四つ折りの紙を手渡した。地図に赤い丸印がある。

坂本がコインパーキングに車を駐めた。

白岩はセカンドバッグを提げ、ひとりで車を出た。

七階建てオフィスビルのエントランスに入った。メールボックスの303に〈大西《おおにし》茂之《しげゆき》法律事務所〉とあるのを見て、エレベーターに乗った。

ノックをし、ドアを開ける。

フロア面積は三十平米ほどか。カウンターのむこうに四つのデスクがある。男と女の二人がパソコンのキーボードにふれていた。

「大西先生、いてはりますか」

「はい」

紺色のカーディガンを着た中年女が立ちあがった。ショートヘアに黒縁メガネ。一歩近づくたび表情が硬くなる。

「どちらさまですか」声音も硬い。

「白岩といいます」

「お約束で」

「花房組の白岩が来たとお伝えください」

口をもぐもぐさせたあと、中年女が右手のドアを開けた。二分ほど待たされ、出てきた女が「どうぞ」と声をかけた。

手前に黒革の応接ソファ、奥にウォールナットの両袖付きデスク。ハイバックのデスクチェアに男がもたれていた。

写真で確かめるまでもない。弁護士の大西茂之である。

「組の名前を口にしたら警察に持って行かれますよ」

大西が笑顔で言った。

「ご親切に。無知なもので」

「何をおっしゃる」

大西が立ちあがった。

小柄で顔もちいさい。華奢な印象を受けるが、ぬかりのない顔をしている。

「大阪大学経済学部卒のエリート極道やそうですね」

「もう調べたんですか」

「一分もあれば個人情報が見られる時代です。まあ、どうぞ」

ソファを勧められ、大西の正面に座した。

大西が続ける。

「花房組には優秀な弁護士が二人もいるのに、何の相談ですの」

「あんた、冗談きついで」

中年女がお茶を運んできて、そそくさと立ち去った。

ひと口飲んで大西を見据えた。

「まあ、相談でもお願いでもええけど……東梅田のマンション建設現場のことで来ました。西陽建設が騒音問題で近隣住民ともめているのは知ってるやろ」

「もちろん。西陽建設の顧問だからね。だが、あの件は落着した」

「雀の涙の慰謝料でか。住民の中には暴力団に威されて泣く泣く和解に応じたという人もおる。事実か」

「事実無根。初耳だよ。そんなことで、弁護士事務所に威しをかけに来たのか」

白岩はセカンドバッグを開き、三枚の写真をテーブルにならべた。

正面と横からの写真だ。ひと目で警察が撮ったものとわかる。

「この三人が建設現場付近をうろつき、住民を威圧した。声をかけられ、恐かったと証言する主婦や子どもがおる」

「でたらめだ」

大西が声を荒らげた。

「そう思うなら警察に通報せえ。わいは逃げも隠れもせん」

建設現場のトラブルを調べたのは花房組の顧問弁護士である。当事者の住民から話を聞き、写真を見せて三人の身元が割れた。

「事実関係を確認する」大西が言う。「あなたとの話はそれからにしよう」

「悠長な。あんたの返答次第で威された住民が曾根崎署に駆け込む段取りよ。それでもええんか」白岩は写真を指さした。「こいつらは松井組の準構成員やで。西陽建設の指示で動いたのがばれりゃ、どうなる。大阪の行政と仲良しの西陽建設でも処分は避けられん。それどころか、いい機会とばかりに行政は手を切るやろ」

「…………」

大西が口元をゆがめた。

「住民に誠意を……それが企業の正しい姿よ」

「極道が言う台詞か」

大西が吐き捨てるように言った。

「JK狂いの弁護士に説教される筋合いはない」

「なんやて」

大西が眦をつりあげた。

「かわいい娘や。わいもお手々をつないで歩きたい。けど、あいにくわいには理性がある。あんたの娘より三つ下の十六歳やで」

大西のロリコン趣味は同業者に知れ渡っているという。花房組の顧問弁護士が交際相手の女子高生を突き止め、本人から事情を聞いた。

「知らん。何の話だ」

「往生際が悪いのう。わいは曾根崎署にも府警本部にも知り合いがおる。取調室でも白を切り通さんかい」

白岩は腰をうかした。

「待て」大西が声を張った。「住民の件は善処する」

「それだけかい」

「何が望みだ」

「舐めたらあかん。恐喝をやるほど腐ってへん。けど、せっかくできた縁や。ちょいちょい寄らせてもらうわ」

白岩はソファを離れた。

警察に売るようなまねはしない。鶴谷の仕事に絡めるつもりもない。西陽建設が顧問の契約を解除すればカネと時間の無駄になる。

大西に足枷《あしかせ》をはめる。そのために動いた。大西が法律をふりかざし、警察に頼るような事態になれば、鶴谷が動きづらくなる。それどころか、警察が介入した時点で、依頼主は鶴谷を切り捨てる。捌き屋は闇の世界でしか生きられないのだ。企業間のトラブルが表面化すれば捌き屋の存在価値は泡と消える。


北新地のはずれにある花屋に寄った。

午後九時を過ぎたところだ。坂本は事務所に残し、タクシーで来た。

入江好子がウインドーの中の花をさわっている。

「ひとりか」

「あら」好子がふりむく。「あなたもひとり」

二人の店員は配達に出たという。

スタッフルームに入った。三畳ほどのフロアにはデスクとパイプ椅子が二つ、二面の壁にスチール棚。もう一面は折り畳んだ段ボールが積まれていた。

好子がお茶を淹《い》れた。

「鶴谷さん、お仕事で来たの」

好子の顔を見るのはあれ以来だ。電話でも話していなかった。

「そんなところや」

そっけなく返した。

好子に稼業の話はしない。そう決めている。

即《つ》かず離れず三十年が過ぎた。

――あなたの傷には、わたしの人生が埋まっている……だから、うちは強い気持ちで生きられる。あなたが死なんかぎりは――

好子の告白は胸に刻んである。

お茶を口にふくんだ。渋みのあと、甘みがひろがる。

「再来週、身体を空けられるか」

「おとうさんね」

好子は、花房夫妻を、おとうさん、おかあさん、と呼んでいる。

「ああ」

「あした、おかあさんに電話して、予定を聞きます」

「すまん」

しおらしく言った。

よほどのことがないかぎり、白岩は東京の病院へ同行する。それがわかっていながら、好子はよほどの理由を訊こうともしない。

「ただいま」

あかるい声がした。

好子が店に出た。白岩も続いた。

「白岩さん、こんばんは」

若い男と女が口を揃えた。

結婚を約束した仲だという。好子は後継者として育てるつもりのようだ。

「白い薔薇《ばら》を一本」

「ホステスさんにあげるのですか」女が笑顔で言う。

「そうよ」

赤いリボンの付いた花を手に提げてそとに出た。好子に声をかける。

「来週、鱧《はも》を食うか」

「わたしでいいの」

「…………」

好子には軽口を叩けない。どんな言葉にも責任を感じる。

好子が目で笑った。

「たのしみ。行く前の日に電話をちょうだい」

頷き、好子から離れた。


堂島中通には黒服の男がめだった。

北新地の老舗のクラブは新地本通と堂島中通に集中している。

路地から声をかけられた。探偵の長尾が立っている。

「まだおるか」

「おなじビルの店に移っていなければ」

長尾が抑揚のない声で言った。

――鮨屋を出て、堂島中通のクラブ蜜に入った――

一時間前に連絡があった。西陽建設の吉本常務はホステスらしき女と鮨屋に行き、そこで二人の中年男と同席したとの報告を受けていた。

「相手はどんな男だ」

「ひとりはオープンシャツにタータンチェックのジャケット。狸のような体形や。もうひとりはスーツの襟に市役所のバッジをつけていた」

大阪市章は澪標《みおつくし》をデザイン化してある。

写真で見た男がうかんだ。

「狸はハゲか」

「スキンヘッドや」にべもなく言う。

ＫＡ企画の辛島で間違いなさそうだ。

「助手から連絡はあったか」

「ない。ホテルにデリヘルでも呼んだんやろ」

白岩は苦笑した。

加山建設の笹倉は西陽建設を出たあと梅田のホテルにチェックインした。午後六時にひとりでホテル内のステーキハウスで食事をし、客室に戻ったという。

「監視は解くな」

「わかっとる」

長尾が邪険に返した。

白岩はきびすを返し、道路むかいのテナントビルに入った。エレベーターで三階にあがる。クラブ『蜜』の扉は開いていた。

「白岩様、いらっしゃいませ」

顔なじみの黒服が声を発した。

五十坪ほどのフロアの客席は八分の入りだった。

西日本最大の歓楽街である北新地はバブル崩壊のあと活気を失くし、リーマンショックで打撃を被ったけれど、徐々に回復の兆しを見せている。大阪の経済はひさしく低迷しているといわれるが、不動産業界は堅調で、外国人観光客の増加によりホテルなどのサービス業は業績が上向いているという。

右側の客席に西陽建設の吉本を見つけた。となりにスーツの男、正面に海坊主の辛島。四人の女に囲まれ、三人とも笑顔だった。

白岩はその席の前で足を止めた。

「奇遇ですね、吉本さん」

吉本が目をぱちくりさせた。

「これは、白岩さん……」

声が詰まった。

「名前を憶えていただき、恐縮です」

辛島が吉本に話しかける。

「どなたですか」

吉本が口元をゆがめた。

間髪を容れず口をひらく。

「他人の名前を聞くときは先に名乗るもんや」

「はあ」

辛島が眉間に皺を刻んだ。

お里は隠しきれないようだ。ＫＡ企画が西陽建設の子会社というのは表向きで、辛島が山藤の企業舎弟なのはわかっている。山藤が現役のころは連れ立って、キタやミナミで飲み歩いていたという。辛島は関西同和協会の理事を兼務しており、それを武器に大阪府や大阪市の行政内部に深くかかわってきた。現在は行政と西陽建設のつなぎ役になっているとも聞いた。

「白岩や。またな」

言い置き、奥へむかった。

案内された席に座り、黒服に話しかける。

「あそこは何を飲んでいる」

「山崎の十七年です」

「おなじものを」バラの花を差しだした。「これと一緒に届けてくれ」

黒服が去ると、小柄なホステスが補助椅子に座った。

「白岩さん、ひさしぶりやね」

「店の前でおまえの顔を思いだした」

「ほんまに」首をひねる。「ほな、うちの名は」

「リサ」

声を発し、細身の女が白岩のとなりに腰かけた。古参の真希。コバルトブルーのワンショルダードレス。針状のイヤリングの先で真珠がゆれている。

「五十になってもスリムやのう」

「失礼な。まだ四十よ。けど、早う口説いて。身体の線が崩れそう」

「そうしたいのは山々やが、ものには順番がある」

「もう。聞き飽きた」

水割りのグラスを持ったところに吉本がやってきた。

白岩はそうなると読んでいた。礼儀を知っていれば誰でもそうする。ましてや吉本は反社会勢力とつき合いがある。

「お心遣い、ありがとうございます」

「とんでもない」

白岩は席を勧めた。

吉本が正面に座した。

「何を飲まれますか」

聞いて、真希が水割りをつくる。

「白岩さんはここによく来られるのですか」

「年に一度か二度……景気が悪うて北新地に足を運べませんのや」

「ご冗談を。ところで、あの白い薔薇には意味があるのですか」

「名刺代わりです。ちかごろは代紋入りの名刺をちらつかせただけで威力業務妨害の罪に問われる。難儀な時代になりました」

「まったく」

吉本が曖昧に返した。

「あなたや松井の組長は度胸がある。人目もはばからず、堂々として……小心者のわいにはまねができんことです」

「そんな……」

吉本が顔の前で手のひらをふった。

「さあ、戻ってください。あなたに迷惑をかけるわけにはいかない。この店には曾根崎署の幹部連中も来ますから」

「では、お言葉にあまえて、失礼します」

吉本がそそくさと席を離れた。

「ほんまに来てるの」真希が訊く。

「ああ。やつらは稼業を言わん。カネも払わん。請求書はわいの事務所に届く」

「あら」

真希がぽかんとした。

ポケットの携帯電話がふるえだした。

手に取り、画面の〈非通知〉を見て立ちあがった。心あたりはひとりしかいない。

長尾だ。「わいや」耳にあて、扉にむかう。階段の踊場に立った。

《助手の監視対象者が動いた。いま、宿泊先のラウンジにいる》

「客室フロアで見張っていたのか」

《エレベーターホールのソファにいたらしい。心配いらん。ホテルの従業員に声をかけられても、バッジを見せれば済む》

「現役か」

《あんたも現役に小遣いを渡しているやろ》

「……………」

高い飲み代を払っている。言いそうになった。

《ラウンジで男と待ち合わせたようや。そいつの顔を見て、助手は店を出た》

「つまり、相手は極道か」

《松井組舎弟の稲川忠朋。元山藤組組長のボディーガードをしていた》

「個人情報がほしい。ついでに山藤の分も」

《別料金やで》

「わかった。その代わり、急いでくれ」

《あしたの昼までに何とかする。警察データを取るのも手間がかかるんや》

「承知よ」

度重なる警察情報の漏洩をマスコミが指摘するようになり、職務に必要な書類を見るのにも手続きが要るようになった。

「稲川はどうする。助手を増やすか」

「その必要はない」

リスクは冒せない。警察関係者の尾行に気づけば、相手は警戒を強める。

携帯電話を畳み、白岩は店に戻った。

事態は動きだした。その実感はある。が、相手の動きに動じることはない。推測もしない。知り得た事実に対し、的確に対応するだけである。

翌日の午前十一時、白岩は梅田の大阪新阪急ホテル一階のラウンジに入った。

壁際の席で、長尾がスポーツ紙をひろげていた。

白岩は長尾の正面に座り、ウェイターにブレンドを注文した。

長尾が新聞を脇に置き、ジャケットの内ポケットから紙を取りだした。

「稲川の履歴や」

受け取り、ざっと読んだ。

稲川忠朋。四十三歳、独身。出生地　奈良県生駒市東生駒○丁目△-×△。現住所　大阪市北区天神△丁目○×-△-二○一。同居人　土井朱美　三十一歳。

高校卒業後、奈良市内の自動車販売会社に勤務。顧客と口論になり刃物で切りつける。全治三か月の重傷を負わせ、傷害の罪で懲役二年半。出所後は大阪市に移住し、二十三歳のとき山藤組組員になる。二○一○年、傷害および銃刀法違反の罪で四年半の実刑判決を受ける。出所後は松井組舎弟になる。

長尾が言葉をたした。

「二度目の出所後、稲川はアシを洗うことも考えたそうな」

「しのぎは何や」

「それがようわからん。賭博、覚醒剤、女……どれもうわさすらない」

「ヒモか」

「どうやろ。女はマッサージ店に勤めている。月収は二十万円ほどや」

「…………」

白岩はコーヒーで間を空けた。頭の中を整理する。臨時雇いの長尾によけいな情報は与えたくない。疑念のひとつを口にした。

「山藤とはいまもつながっているのか」

長尾が首をふった。

「南署にいる元相棒の話だが、松井は稲川を毛嫌いしているそうな。稲川がいまも山藤を慕っているのが原因やないかとも。けど、それを裏付ける確かな情報はない。稲川は警察を嫌《きろ》うてるさかい、南署のマル暴担も稲川には興味がないんやろ」

白岩は顔をしかめた。

いまの話を聞いていれば、長尾の助手に稲川の監視を依頼した。加山建設の笹倉と別れたあとの稲川の行動が気になりだした。

　長尾が口をひらく。

「山藤のほうはもうすこし時間をくれ。やつに関しては情報がありすぎる」

「引退した理由を知っているか」

「神俠会執行部との確執……」長尾がにやりとした。「だけやないで」

「ほう」

　白岩は目で先をうながした。

「引退表明の三か月ほど前、山藤は府警本部から事情聴取を受けた。大阪府が民間に払い下げた土地に絡んでの、有印私文書偽造と偽造私文書行使および恐喝の容疑や。逮捕は時間の問題と思われたが、そうはならんかった」

「取引か」

「ああ。山藤の引退と山藤組の解散……その程度で府警は妥協せん。山藤の関与はあきらかになっていないが、問題の土地に絡む贈収賄疑惑が発覚し、府議と市議、市役所の幹部職員、神俠会の直系組長が逮捕された。山藤が引退した半年後のことや。府警幹部に大金が渡ったといううわさもあるで」

　白岩は肩をすぼめた。

充分に有り得る話だ。が、それを解明するのは紙ヒコーキで月にむかうようなものである。警察組織の自己防衛力は内閣官房のそれに匹敵する。

★　★

身の丈ほどの石垣の上に黒塀がのっている。

山藤省三の家は豊中市の閑静な住宅街の一角にある。

稲川は白木の門扉の前に立ち、門柱のインターホンを押した。

ほどなく、玄関の格子戸が開き、女があらわれた。

山藤のひとり娘の、瑞奈《みずな》である。すらりとした身体を白地に花柄のワンピースに包んでいる。栗色のセミロングの髪が風にゆれた。四十歳になったのか、なるのか。化粧っ気のない細面は三十歳前後に見える。

どうすれば獰猛《どうもう》な極道にこんな娘が生まれ育つのか。

この家で初めて瑞奈を見たときの印象である。あれから二十年が経つ。いまも印象は変わらない。いつ訪ねても瑞奈が迎えてくれる。病弱だった瑞奈の母親は十五年前に他界した。敷地二百坪の家に父娘が暮らしている。

「こんにちは」

笑顔で言い、瑞奈が門を開けた。

「おられますか」

「はい。座敷に」

稲川は左に視線をふった。

高さ三メートルほどの孟宗竹《もうそうちく》がならんでいる。そのむこうには岩と躑躅《つつじ》を配し、砂利を敷き詰めた庭がある。


山藤は縁側の籐椅子に細身を預けていた。

頭髪が薄くなった。ここ数年で顔のしみと皺が増えた。それでも他人を威圧するような眼光は衰えない。頬が削げた分、むしろ凄みが増したように思う。

勧められ、稲川は縁側の座布団に胡座《あぐら》をかいた。

瑞奈がお茶を運んできた。抹茶の水羊羹が添えてある。

「笹倉は何しに来た」

山藤がぼそっと声にした。

きのう、ホテルのラウンジで加山建設の笹倉と面談したのは山藤の指示だった。笹倉によれば、西陽建設の吉本常務を介して山藤に面会を求めたが、山藤に拒否されたという。そういう経緯は山藤から教えられていなかった。

「帝都電鉄が鶴谷という男を代理人に立て、交渉再開を告げたのはご存知ですか」

「正確には、交渉権を東和地所に委ね、東和地所の杉江専務が捌き屋の鶴谷康を交渉人に抜擢した。最後の勝負というわけや」

他人事のように言った。たのしんでいるふうにも感じられた。

「蚊帳の外に置かれて、笹倉は案じているようです」

「我が身をか」

言って、山藤が水羊羹をつまむ。お茶を飲み、姿勢を戻した。

「笹倉は杉江の余裕の態度が気になると。様子伺いの電話をかけても杉江は鶴谷の行動についていっさい喋らないそうです」

「知らんのやろ」

「えっ」

「鶴谷という男は依頼主さえも信用せんらしい」

「調べられたのですか」

「あたりまえのことをほざくな」

「万が一のために次善の策を講じてはどうかと……先だって、おなじことを松井の兄貴からも言われました」

話しているうちに口が重くなった。

――欲をかきすぎや――

松井が吐露した本音はとても話せない。

「具体的な策を口にしたか」

「二人とも、親分が後出しにした五社の事業参加を気にしているようです」

「はっきり言わんかい。あれが邪魔やったと……俺が欲をかきすぎたせいで、交渉が決裂したと……そういうことやろ」

稲川は身を縮めた。射るようなまなざしになっている。

「そうはいかんのや。西陽建設の事業参加など俺には関係ない。五社の事業参加が土地売却の絶対条件よ。それがむりなら五十億円を上乗せさせる」

「…………」

稲川は口を結んだ。返す言葉が見つからない。

山藤の本音は以前にも聞いた。

五社はすべて山藤の企業舎弟が経営している。土木会社に不動産会社、配管整備やコンピュータシステムの管理を主な事業とする会社もある。

それらの会社を西新宿の再開発事業に参加させても利益は高が知れている。山藤の狙いはほかにある。既成事実をつくることだ。業界大手の帝都電鉄と加山建設、東和地所が反社会勢力とかかわりのある会社と契約したという事実は重く、山藤はそれを足場に大手三社との縁を深める魂胆なのだ。

むりを承知の要求だった。相手が拒否し、交渉が難航するのも覚悟していた。

「三十年も塩漬けにしていたんや」

山藤の声に執念がにじんだ。

「ようわかっています」

「こんどは何としても話をまとめろと、吉本と松井に言うとけ。できなんだら松井には代紋をおろさせる。やつの代わりなど掃いて捨てるほどおるわ」

「笹倉に伝言はありますか」

「ない。端から頼りにしてへん。邪魔になるようなら踏み潰す」

「わかりました。では」

稲川は両手を床についた。

「稲川。おまえはどう思うねん。俺は強欲か」

「わかりません。考えたこともありません」

山藤の目を見つめて話した。

親に意見を言うつもりはない。ひたすら従う。ほかに恩義に報いる術《すべ》を知らない。


阪急宝塚本線とJR大阪環状線を乗り継ぎ、福島駅で降りた。

風が強くなった。空模様が怪しい。

稲川は駅前の喫茶店に入った。テーブル席が六つ。合成皮革の椅子は綻びがめだち、ほとんどが裂け目をテープで補修してある。

壁際の席に座り、コーヒーを注文した。煙草をくわえ、スポーツ紙を手にする。

一面は阪神タイガースの記事だった。プロ野球の記事を読んだあとはテレビの番組表に目を通し、最後に競輪のページを見る。毎度のことだ。

唯一の趣味の競輪も最近は車券を買わなくなった。

競輪は人情の競技である。所属する地区の先輩後輩、同期の仲間、縁故者がラインを形成して走る。個人の競走得点や能力に関係なく、ラインの絆がレース展開を左右し、それが結果に結びつくから競輪はおもしろい。だが、ちかごろは人間関係が希薄になったのか、身勝手に走る者が増えた。

レースで強い絆を見せつけられると、車券がはずれようとも感嘆する。いいものを見せてもらったという気持になる。憧れのようなものか。ないものねだりか。稲川には友と呼べる者がいない。近づきたい男がいても、わずらわしさが先に走る。

出走表を見ても気が乗らず、新聞を畳んだ。

吐息が洩れた。コーヒーは酸味が強かった。

ドアが開き、朱美があらわれた。きょうも笑顔だ。

電車の中で朱美が早番なのを思いだし、メールを送った。

「疲れた」

声を発し、朱美が座った。ふくらんだトートバッグを脇に置く。潔癖症の朱美はハンドソープや消毒薬、数枚のタオルを職場に持って行く。

「ごっつい筋肉質の人が来てね、指が折れそうやった」

たのしそうに言い、六十年輩の女にコーヒーを頼んだ。

「映画、行くか」

「ええよ。その前に焼肉食べよ。チップくれてん。四千円も」

「口説かれたか」

「心配なん」語尾がはねた。

「あほか」

肩をすぼめ、朱美がコーヒーを飲む。思いついたように顔をあげた。

「うちな、できたかもしれん。生理がないねん。し過ぎかな」

「回数は関係ないやろ」

一度も避妊具を使ったことがない。

「それもそうやね。二、三日様子見て、こんかったら病院に行くわ」

「ああ」

朱美が顔を近づける。

「どうするの。できてたら」

「おまえにまかせる」

「そう言うと思うた」

朱美が目元を弛めた。

稲川は新しい煙草をくわえ、火をつけた。

とまどいはない。実感も湧かない。そうなることもあるだろうと思っていたが、深く考えなかった。朱美の意思にまかせる。これまでもそうしてきた。

「あんた」朱美が真顔をつくった。「面倒はかかえてへんやろね」

「なんで訊く」

「きのうもおとといもうなされていたから」

「お化けの夢でも見たんやろ」

「あほらし。あんたを見たら、お化けも避けて通るわ」

「あ、そう」

さらりと返した。

「何かあるんなら言うてね」

「わかっとる」

伝票を持って立ちあがり、朱美のトートバッグに手を伸ばした。

「やめとき。男がみっともない。まだ早いし」

朱美がからからと笑った。

★

★

内堀通り沿いにある国立劇場を通り過ぎ、半蔵門交差点の手前を左折した。目印のラーメン店を見て運転手に声をかけ、タクシーを降りた。

路地角のオフィスビルの案内板に〈企業コンサルティング　寿企画〉とある。

議員秘書あがりのコンサルタントは平河町や紀尾井町、虎ノ門や西新橋にオフィスを構えたがるという。衆参の議員会館や霞が関の省庁の近くにいることで、自分の存在価値を高めたいのだろう。

面談の約束は取っていない。が、水沼寿がオフィスにいるのはわかっている。老人ホームで宇野道子と面談したあと、水沼は優信調査事務所の監視対象者になった。

エレベーターで四階にあがり、寿企画のドアを開けた。

視界はグレーのパーテーションに阻まれた。ひと声かけ、右に移動する。

フロアは二十平米ほどか。手前に二つのスチールデスク、奥にローズウッドのデスク。右手にも木目模様のパーテーションがある。

「どちら様でしょう」

デスクの女が立ちあがった。

三十歳前後か。白いブラウスに淡黄色のカーディガン。青いメタルフレームのメガネをかけ、ひきつめた髪を後ろに束ねている。

鶴谷はおおきなデスクにいる水沼を一瞥し、口をひらいた。

「鶴谷と申します。東和地所の代理人として参りました」

企業コンサルタントなら企業名に反応する。

案の定、水沼の顎があがった。

「水沼さんはおられますか」

言いおえる前に声がした。

「わたしです」水沼が立ちあがる。「ご用件を伺いましょう」

拍子抜けするほど愛想がよかった。

短髪の丸顔。体形もふっくらとして肌艶がいい。六十五歳だが、還暦前のようにも見え、依頼者はある種の安心感を抱きそうだ。

木目模様のパーテーションのむこうに案内された。

これ見よがしに色紙入りの額縁がならんでいた。中央に現職の内閣総理大臣、右に故平川議員、左は国民に人気のある若手議員。見栄えのよさを考慮したのか。それなら中央の色紙は代が替われば取り替えるだろう。

名刺を交換し、水沼と正対した。

水沼の表情が変わった。肩書のない名刺が不満なのか。

「東和地所の代理人と言われたが」

もの言いも変わり、さぐるような目つきになった。

「そうです。本日はお訊ねしたいことがあって参りました」

「話を聞く前に、代理人の証《あかし》を示してもらえないか」

頷き、鶴谷はジャケットの内ポケットから一枚の紙を取りだした。こうなることも想定していた。委任状をかざした。

「このとおりです。ある事案の交渉をまかされました」委任状を元に戻した。「宇野運輸の元社長夫人、宇野道子さんをご存知ですか」

「知っている。が、何の事案かね」

横柄な口調になった。

気にしない。水沼の言質がほしくて来たのではない。

「土地の係争にかかわっています。で、お訊ねしたい。二〇一二年一月に宇野さんが購入した西新宿の土地の売買にあなたが関与されたそうですね」

「…………」

水沼が眉を曇らせた。

「どういう経緯があって関与されたのですか」

「君ね」声がとがった。「無礼だろう。アポもなく訪ねてきて、何の事情も説明せずに意味不明の質問をぶつけるとは。いったい君は何者なのかね」

「交渉人です。関西では捌き屋ともいう」

「…………」

水沼があんぐりとし、視線をおとした。鶴谷の名刺を見たのだ。

鶴谷は間を空けない。

「宇野さんに売却した鈴木伸一さんも亡くなられるまで平川議員の後援会に入っていた。さらには、宇野さんから購入した向井雅人さんも……あの土地は平川議員、もしくは、あなたと縁があるのですか」

「答えられん。守秘義務がある。なくても、君のような無頼の徒に教えることは何もない。もう帰りなさい」

「いいのですか。あとあと面倒になりますが」

「なにっ」

水沼が目に角を立てた。顔が赤くなる。

「係争中の物件だと言いました。係争の相手は大阪に本社がある西陽建設。亡くなられた平川議員と縁の深い会社でしょう」

「昔の話だ」吐き捨てるように言う。「西陽建設と個人的なつき合いはない。ことわっておくが、平川先生が存命のときもそうだった。西新宿の物件は記憶にある。が、詳細は忘れた。平川先生の指示だったかどうかも定かではない。国会議員の秘書は多忙なのだ。苦情や陳情、相談事がそれこそごまんとくる」

「では、あたらしいところで、東原工機の國村さんをご存知ですか」

「くどいね、君は」

水沼が口角泡を飛ばした。

鶴谷は畳みかける。

「合志プランニングはどうです。専務の横山さんと面識が……」

「うるさい。東和地所に抗議してやる」

「どうぞ。担当は本社の杉江専務です」

言って、鶴谷は腰をあげた。

もう用はない。手応えは感じ取った。


オフィスビルの前に黒のアルファードが停まっていた。

狭い空にむかって息をつき、静かにアルファードのドアを開けた。

木村がヘッドホンをつけ、右手のペンを走らせている。

鶴谷は木村の前に座り、煙草を喫いつけた。

　ほどなく木村がヘッドホンをはずした。

「相手は確認できませんでした。話しぶりから察して、水沼はかなり慌てているようです。鶴谷さんのことを話していました。聞きますか」

「あとで聞く」

　言って、煙草をふかした。

　一本の電話でおわるとは思っていない。

　水沼のオフィスのソファの裏に小型の盗聴器を取り付けた。造作もなかった。

「オフィスの電話と水沼の携帯電話の通話記録は手配しました」

「水沼が動くとすればきょうとあした。通話記録の入手はあすの夜でええ」

「そうします」

　木村がまたヘッドホンを装着する。メモ用紙に〈合志　横山〉と書く。

　木村がヘッドホンをはずし、目を合わせる。

「最初とは言葉遣いが違います。怒鳴りつけていました。どうしてすぐに連絡しなかったのかと……鶴谷さんのことでしょう。西陽建設の動向を確認しろとも。きょうの午後六時、帝国ホテルのロビーで横山と会うようです」

「尾行を頼む。それと、七時に会おう。新しい情報はそのとき聞く」

いますぐにでも報告を聞きたい。知りたいことは山のようにある。が、木村はしばらく盗聴に追われるだろう。邪魔になるし、話を端折《はしょ》られたくない。

白金台のマンションに帰った。

大正三色の錦鯉は竜宮城のかたわらでじっとしている。鰓《えら》がゆっくり動くのを見て生きているとわかる。気泡が時の流れを教えてくれる。

絵画を観ているようだ。飼主にじゃれつく犬や猫とは違う。独りでさみしくないのか。ときどき話しかける。この鯉のように生きたいとも思う。

遮光カーテンを張り、照明の光度を抑えてサンルームを出た。

ジャケットを脱ぎ、リビングのソファに寛いだ。スマートフォンを手にする。

《花房組です》

元気な声がした。

「鶴谷や。親分はおるか」

《あいにく外出しております》

通話を切った。白岩の携帯電話を鳴らしかけて止め、キッチンへむかった。カモミールティーにたっぷりの蜂蜜を混ぜ、リビングに戻る。

ひと口飲んだところにスマートフォンが鳴った。
《わいや》
だみ声が鼓膜をふるわせる。
「どこや」
《部屋におる。忙中閑ありよ》
「結構なことで。進展はあったか」
きのうの朝に白岩から電話があった。そのとき、加山建設の笹倉の大阪での行動と、それに付随することを聞いた。
《ない。あえて言えば、わいがしくじった》
「どういうことや」
《夜になって笹倉が動いた。宿泊先のホテルのラウンジで男に会《お》うた。笹倉を監視していたやつの報告を受けて、わいは引き続き笹倉の監視を頼んだ》
「会った相手が気になるのか。何者や」
《松井組舎弟の稲川という男や。山藤組が解散したときは刑務所暮らしで、出所後に盃を直したそうな。山藤組では山藤のボディーガードをやっていた》
「つまり、山藤の子飼いか」

《府警のマル暴担の話ではそうなる。稲川の個人情報を入手したのはきのうの昼のことや。けど、個人情報を見て後悔したわけやない》

「……………」

鶴谷は煙草をくわえた。ここは聞き役に徹したほうがよさそうだ。

白岩が続ける。

《おとといの笹倉と吉本の行動を見てぴんとくるべきやった。笹倉はひとりで夕食を済ませ、ホテルの客室に入った。吉本は北新地でKA企画の辛島、市役所の男と食事をし、同席したホステスの店に行った。女連れやさかい、ややこしい話をするわけがない。クラブではやにさがった顔で遊んでいた。笹倉を監視する男から連絡があったんは、わいが様子見にクラブを覗いたあとや》

白岩が一気呵成に喋った。

言葉の端々から忸怩たる思いが伝わってきた。

推測が声になる。

「笹倉は稲川に会うために大阪へ行ったと……そう思うのか」

《ちょっと違う》

「じらすな。はっきり言わんかい」

《目的は山藤よ。きのうの昼からさっきまで、同業やマル暴担に会《お》うて、稲川の情報をかき集めた。稲川は山藤命の男らしい。ボディーガードを務めているころからしのぎを持たず、組の身内ともつるまんかった。出所して松井の舎弟になったあともおなじや。組内では影が薄く、マル暴担も稲川には目をつけてなかった》

「…………」

聞いているうちに苛々してきた。白岩にしては話が回りくどい。推測がひろがりかけているけれど、話を折るようなまねはしない。

《笹倉がそんな男に会う理由はひとつや》

「稲川は伝書鳩か」

《わいはそう読んだ。笹倉は山藤に会うためにこっちへ来て、西陽建設の吉本に仲介を依頼した。山藤との面談が叶わなかったのか、山藤の指示だったのか、笹倉は稲川と話をした。笹倉の動きからしてほかは思いうかばん》

「笹倉は山藤と直に会う立場にないと」

《山藤が用心しているとも考えられる。何しろ策士といわれた男や》白岩がひとつ息をついた。《松井もおなじかもしれん。三日前の日曜、南署のマル暴担が松井組事務所に入る稲川を見かけていた。松井と稲川は反りが合わんらしい。それやのに、稲川

は松井事務所を訪ねた。笹倉がこっちにくる前日のことや》
「山藤と松井の仲はどうや」
《同業の話やが、酔った席で松井が山藤のことをぼやいていたそうな》
「引退し、代紋を変えても、山藤の力が及んでいるわけか」
《松井組の古参の中にはいまも山藤を慕う者がおる。稲川はその筆頭やろ。松井は代を譲り受けたさい山藤組のしのぎも引き継いだんやさかい頭があがらん。そのうえ、身内に反目をかかえとる。そら、愚痴のひとつもでるわな》
　鶴谷は目をつむった。
　饒舌な白岩はめずらしい。前ふりだったのか。ひらめきが声になる。
「稲川にも監視をつけたようやな」
《ようやく気づいたか。推測を嫌うおまえにしてはよう辛抱していたな》
「うるさい。とっとと話せ。何があった」
《きのう、稲川は豊中にある山藤の家を訪ねた》
「そういうことか」
　言って、鶴谷はカップを手にした。カモミールティーは冷めていた。
《おまえのほうはどうよ》

「順調や」

そっけなく返した。

これまでは白岩といえども仕事の詳細は教えなかった。捌き屋稼業の責務はひとりで負う。唯一の友の白岩によけいな負荷はかけたくなかった。

だが、今回ばかりはそういうわけにもいかない。すでに協力者の枠からはみだしている。白岩の熱情がひしと伝わっている。

《おい》白岩が声で凄んだ。《いまさら蚊帳の外に置くなよ》

「おまえが頼りや」

《よしよし。健気なやつや》

いつもの口調に戻った。


菜衣がお茶を運んできた。

濃紺のドレスを着て、化粧もしている。時刻は午後五時半。六時半から店でミーティングをやるのだという。

「店がひまなんか」

「これからひまになると思う」

理由はわかった。

まもなく企業各社の株主総会が始まる。銀座は決算期と株主総会の一時期に客足が遠のく。クラブ『菜花』は企業の役員や管理職の者が接待で利用することが多いからもろに影響を被るのだろう。

「ひまなときの接待が大切なの」

独り言のように言い、菜衣が両手で茶碗を持った。口をつけ、目を合わせる。

「わたしの出番はなさそうだし」

「平和でええやないか」

鶴谷も茶碗を手にした。

茶葉の香りに頬が弛む。

「どうなの」菜衣が訊く。

「ぼちぼちや。おまえのおかげで光明は見つけた」

「コンサルの水沼さんね」

「ああ」

東和地所の杉江から渡された資料に故平川議員と水沼寿の名前はなかった。老人ホームでの宇野道子の証言がとりつきだが、菜衣が記した閻魔帳がなければ、菜衣が水沼の名前を口にしなければ、水沼には辿り着けなかった。

「でも、訊いたのはお仕事のことじゃない」

「そっちは問題ない」

あっさり返した。

菜衣は鶴谷の持病を知っている。深夜に身体が硬直し、呼吸困難に陥ったとき菜衣に助けを求めた。菜衣は救急車に同乗し、夜明けまで付き添ってくれた。

「あぶない状況にならなきゃいいけど」

「…………」

鶴谷はかるく目をつむった。

稼業のことも健康のことも、菜衣が不安になる話は避けてきた。白岩は無二の友、菜衣は取って代わる者がいない盟友である。

相手の心を気遣う。言葉や行動で示さなくても、それを感じ取れる者がそばにいるありがたさは身に沁みている。

お茶を口にふくんで間を空けた。

「しばらく東京を離れるかもしれん」

「関西に行くの」

「展開次第で」

菜衣が首をひねり、思い直したように口をひらく。

「ツルはまかせて」

「ああ」

「お仕事がおわったら、わたしを呼んで。うわさの棒鮨を食べたい」

鶴谷は目で笑った。

菜衣は何でも憶えている。大阪に夫婦喧嘩もおさまる棒鮨がある。そんなことをおもしろおかしく喋ったことがある。花房が闘病生活を始めたころだったか。


六時を過ぎ、菜衣と一緒にマンションを出た。

銀座七丁目の交差点でタクシーを降りた。木村との約束の時刻まで間がある。菜衣と別れ、銀座コリドー通りを泰明小学校へむかって歩いた。

頭の中が混乱を来したときはよく散歩にでかける。ぼんやり風景を眺めているうちにひらめきが生まれることもある。

七時五分前に帝国ホテルのロビーに足を踏み入れた。

優信調査事務所の木村が近づいてくる。

「水沼と合志プランニングの横山は数寄屋通りの鮨屋に入りました」

「二人か」

「入るときはそうです。カウンター席ではなく、上の座敷にあがったようなので、中での状況は不明です」

「とりあえず報告を聞く」

鶴谷は一階ロビーを歩き、左手のラウンジに入った。

奥の喫煙席に座り、ウィスキーの水割りを注文した。

煙草を喫いつけてから話しかける。

「あのあとはどうなった」

「鶴谷さんが去ってすぐ、水沼は立て続けに二度、電話しました」

木村がセカンドバッグからメモ用紙を取りだした。

数字がならんでいる。

０９０－△１×５－８△○４、０８０－９○×６－△××３。

「上のケータイの名義人は尾野敏行。日本建設業協会の事務長です。鶴谷さんのことを訊いていました。通話時間は七分ちょっとなので、協会のデータには鶴谷さんのことが詳しく載っているのでしょう」

「よけいな話や」

意に介すふうもなく、木村が続ける。

「下の名義人は鈴木竜一。素性がわかりません。生存していれば七十八歳。ケータイ購入時の住所は大阪西成の簡易宿泊所で、現住所は不明です」

闇のルートに流れた代物だと言っているようなものだ。

大阪西成という地名に反応した。言葉にはしない。ほしいのは事実だ。

届いた水割りを飲んだ。

「水沼は、豊中の様子はどうかと……状況次第でそっちに行くとも言いました」

木村がＵＳＢメモリーをテーブルに置いた。

それをジャケットのポケットに収めた。

木村が顔を近づける。

「山藤省三は豊中に住んでいます」

「豊中市の人口は」

「推計人口は約四十万人です」

木村がよどみなく答えた。

苦笑が洩れた。想定内の質問だったか。

「大阪方面をあたってみましょうか」

「ケータイの所有者か」

「ええ。関西は縁が薄いけれど、マル暴関係なら何とかなるかもしれません」

「頼む。が、こっちの動きを悟られるな」

「承知です」

マル暴部署には外部に情報を洩らす輩がいる。とくに関西は多いという。白岩も大阪府警察本部や地場の曾根崎署に人脈を持っている。当然、白岩にも依頼するが、木村の熱意に水を差すようなことはしない。

木村が舐めるように水割りを飲んだ。

「加山建設と合志プランニングの接点が判明しました」

「福島原発か」

とっさにでた。

「そうです。福島原発の復興事業に参加した加山建設はいきなり労働者の確保に苦慮した。東北在住の出稼ぎ労働者は地元の復旧工事に取られ、放射能汚染の風評もあって人材確保がままならなかった。救いの手を差し伸べたのが平川議員でした。平川議員は関西が地盤の西陽建設と加山建設をつなぎ、合志プランニングが窓口となって関西、西日本方面から大勢の労働者を福島に送り込んだ」

「平川の指示で実務を仕切ったのが水沼か」

「ええ。水沼と加山建設の笹倉は以前から縁があったようですが、水沼と合志プランニングの横山は福島原発事故でつながった。横山の周辺にいる者によれば、水沼と横山は頻繁に会っていたそうです」

「加山建設と西陽建設の関係も深まったのか」

「詳細は調査中です。が、関西方面の工事を受注した加山建設はほとんどの事業で西陽建設を参加させています。福島原発の復興工事が始まったあとのことです」

「…………」

鶴谷はグラスを傾けた。

脇道に逸れたような気がする。

加山建設と西陽建設が福島原発事故を機につながったとすれば、加山建設は西新宿の土地売買に絡んでいないことになる。帝都電鉄が本社ビルをふくむ再開発事業を計画したのは十一年前で、そのさい東和地所と加山建設が再開発事業に参入した。そのときはすでに土地Bは転売がくり返されていた。

木村が口をひらく。

「もうひとつ報告があります。関西地区の労働者を集めたのは大阪のＫＡ企画です。部下が福島へ行き、複数の労働者から話を聞きました。大阪の西成から来たという労働者はＫＡ企画の募集で採用され、東京で合志プランニングと雇用契約を結んだあとバスで福島に送り込まれたと証言しました。関西から来たほかの労働者も大阪と東京でピンハネされていると愚痴をこぼしたそうです」

鶴谷は頷いた。

西新宿の二つの物件はひとつの箱の中で売買が行なわれてきた。中心にいるのは西陽建設か。東京の合志プランニングと大阪のＫＡ企画は西陽建設の子会社である。

土地購入の資金の出処が鍵になる。その推測は確信に近づいた。

ひとつの原資が箱の中で動いているのか。原資はどこから出ているのか。

思慮の沼に嵌まりかけたとき、木村の声がした。

「お訊ねしてもいいですか」

「何や」

「加山建設と西陽建設の関係……依頼主から説明がなかったのですか」

「資料にも記載されてなかった」

「なぜでしょう」

「よけいな詮索はするな」

鶴谷は目でも諫《いさ》めた。

木村は怯《ひる》むどころか、身をのりだした。

「鶴谷さんが請けた案件とずれているのは承知です。しかし、加山建設の笹倉の動きは気になります。こちらの活動に支障を来すおそれもあります」

「がっかりさせるな」

「えっ」

「誰がどんな思惑でどう動こうと関係ない。俺は仕事をやり遂げる」

「…………」

木村が口を結んだ。

納得したのか、しないのか、わからないような表情になった。

鶴谷はゆっくり首をまわした。

依頼主に問い質す。そのひと言で木村は納得するだろう。それでも、木村が抱く疑念や不安が解消するとは思えない。心のゆれはしくじりの元だ。

「すみませんでした」

強い口調で言い、木村が姿勢を戻した。顔から不安の気配が消えた。

「お願いがあります。自分を和歌山に行かせてください」

「行って何をする」

「死亡した平川議員の関西人脈をさぐります」

「もうすこし待て。東京でやることがある」

「どっちですか」

「ん」

「攻めるとすれば西新宿の二つの土地の所有者……違いますか」

「おまえの頭の中にいるのは別人か」

「はい。山藤を抜きにして交渉が進展するとは思えません」

「交渉するつもりはない」

ぞんざいに言った。

山藤ありきの物件なのは疑いようがない。だが、東和地所の杉江に依頼されたのは西新宿の二つの土地をこちらの条件で買い取ることである。土地の所有者が山藤の意を受けて動こうとも、その一点はゆるがない。ゆるげば負ける。

それに、山藤ありきで動けば視野が狭くなる。ここ一番の攻め時まで全方位を見渡せる原っぱに立ち、最善の一手を見つける。鶴谷の頭にはそれしかない。

「失礼」

木村が立ちあがった。携帯電話を手にロビーへむかった。

鶴谷が煙草をふかす間もなく戻ってきた。

「水沼と横山は鮨屋を出て、銀座七丁目の紋白蝶というバーに入りました」

「部下も入ったのか」

「いいえ。入れますか」

「おまえが行け。店のママに連絡しておく」

「行きつけですか」

「一度だけ行った」

カウンターに七席、ベンチシートは三席だったか。

「ママは菜花の出や。一年前にオープンした」

「なるほど。菜花に止まる紋白蝶ですか」

「くだらんことを」

言って、鶴谷は目元を弛めた。

バー『紋白蝶』のママもおなじ台詞を口にした。

翌朝、六日ぶりに大手町にある東和地所本社ビルを訪ねた。

三十三階の応接室にはまばゆいくらい陽が射し込んでいた。それを弾き返すほどの笑顔で専務の杉江に迎えられた。

「ブラインドを降ろしましょうか」

「かまへん。たまには日干しも悪くない」

鶴谷はソファに腰をおろした。

秘書がコーヒーを運んできた。

ひと口飲んで、杉江を見つめた。

「訊きたいことがある」

「何でしょう」

「帝都電鉄が二度目の交渉で、東和地所に代わり、加山建設を担当させたのは思惑があってのことか」

杉江が目を細めた。

鶴谷の訪問の意図を推測していたのだろう。鶴谷は仕事の途中報告をしない。知り得た情報を話すこともない。それなのに面談を求めた理由を気にしたか。

鶴谷は話を続けた。

「加山建設と西陽建設が仕事上でつながっているのを知ったうえで、帝都電鉄は加山建設に交渉役をまかせた。そういうことか」

「帝都電鉄の真意はわかりかねます。わが社も雇われの立場。お家の事情に口をはさむのは礼を失する。が、わたし個人は鶴谷さんとおなじ考えです」

　鶴谷は頷いた。

「もらった資料には四十億円プラス西陽建設の事業参加でまとまりかけたとある。仮契約の段階になって、相手が五社の事業参加を要求した。帝都電鉄は五社が反社会勢力とつながりがあるのを知って反対したそうだが、事実か」

「はい。帝都電鉄から交渉の引き継ぎを依頼されたとき、話を聞きました。五社すべて、二つの土地の最初の所有者である山藤家とつながりがあり、警察もそれを把握しているとの情報を得たそうです」

「加山建設の判断もおなじか」

　杉江が首をふった。

「ここで交渉が決裂すれば事業計画に破綻を来すと進言したようです。山藤氏は組織を解散し、引退したので五社への影響力は薄れているのではないか……五社と契約するさい一筆とれば問題はないとも言ったそうです」

「帝都電鉄は加山建設に不信感を抱いた。あるいは、思惑がはずれ失望した。で、東和地所を頼ったわけか」

　杉江が苦笑した。

「それもわたしの推測の域をでません」

　鶴谷はコーヒーを飲み、煙草をくわえた。ふかし、口をひらく。

「前回、俺が訊ねたことを憶えているか」

「交渉の過程に関して、記載洩れはないか……ですね」

　杉江が一字一句違《たが》えずに答えた。

「確信犯か」

　ほかの言葉は思いつかなかった。

「わたしの推測を記すべきではないと判断しました」

「何か手を打ったか。帝都電鉄に進言するとか」

「いいえ。鶴谷さんにすべてをおまかせする。それがわたしの結論です。もちろん、あなたから指示があれば、いかなることにも対処します」

「指示はない。が、ひとつ訊きたい」

「何でしょう」

杉江の表情が締まった。

これからが本題と悟ったか。背筋も伸びた。

「三年前に死亡した平川議員の秘書だった水沼寿を知っているか」

「現在は経営コンサルタントをやられている水沼さんですね」

「ああ。建設業界に食らいついているとか」

「そのようです。わが社とはご縁がありませんが」

「何よりや。ところで、日本建設業協会との縁はどうや」

「もちろん、あります。不動産業と建設業は双子のようなものです」

「頼みがある。水沼の人脈を調べてくれ」

「建設業界に絞ってということですね」

「水沼が加山建設の笹倉とつながっているのはわかった。知りたいのは関西の人脈
……平川議員も水沼も和歌山の出身や」

杉江の首が傾いた。

鶴谷の依頼の意図に意識がむいたか。ややあって、口をひらいた。

「西陽建設との絡みを軸にということでしょうか」

鶴谷も首をひねった。

己の信条に背いていいものかどうか。迷いはすぐ吹っ切れた。

「Bの土地に関して、水沼は過去の売買に絡んだと思われる。知っているか」

杉江が目をまるくした。

「初耳です。弁護団の報告書に水沼さんの名前はなかった」

「怠慢か、意図的に隠したか」

鶴谷は独り言のように言った。

「どういうことです」杉江が前のめりになる。「教えてください」

「山藤の妻が購入したあとの所有者五名のうち四名は平川議員の後援会に所属していた。平川の指示で水沼が仲介したものと思われる」

「平川議員は誰かに頼まれたのでしょうか」

言葉を選ぶような気配があった。

杉江の頭には西陽建設もしくは山藤がうかんだのだろう。

鶴谷は首をまわし、煙草をふかした。

宇野道子の証言は話せない。信義に反する。水沼のオフィスに盗聴を仕掛けて知り得た情報も教えられない。

杉江がソファにもたれ、息をついた。

「水沼の件、早急に頼む」

言って煙草を消し、腰をあげた。


ジャガーXKRコンバーティブルを駆って、世田谷区上野毛へむかった。老人ホームの『上野毛グリーンガーデン』に到着したのは午前十一時前だった。

警備の男は目を合わせただけで門扉を開けた。宇野道子には連絡してある。

敷地内をゆっくり走り、右手の駐車場に車を駐めた。大小二つの紙箱をさげて正面玄関から入り、受付カウンターの前に立った。

前回とおなじ顔ぶれで、きょうは警備員も表情が弛んでいる。

鶴谷より先に女が口をひらいた。

「宇野さんは自室でお待ちです」

「何号室ですか」

「三階の三〇一号室です。エレベーターであがると、右手にあります」

「ありがとう」

鶴谷はおおきいほうの紙箱をカウンターに載せた。

「よろしければ、スタッフの皆さんで召しあがってください」

白金台のマンションを出たあと近くの洋菓子店に寄った。

男と女の笑顔に背をむけ、エレベーターホールに足を運んだ。二基ある。右のエレベーターの扉が開いた。車椅子が出てきた。痩せ細った老女が乗っている。淡いピンクの介護服を着た女が車椅子を押した。

鶴谷はここが老人ホームであることを改めて知った。


三〇一号室のドアの前に立ち、チャイムを押した。

カチャッと音がした。ドアは開かない。声も聞こえなかった。

ドアノブをまわした。

「鶴谷です」

「どうぞ」

あかるい声がした。

通路の右側にバスルームとトイレ、左にはコンパクトなキッチンがある。通路の奥は和室の八畳間だった。長方形の座卓に座椅子がひとつ。座椅子から見られる位置に五十インチほどのテレビ。床の間の細長い花瓶に一輪の黄色い花が挿してある。壁には何もない。左手のドアのむこうは寝室か。一般のマンションと何ら変わるところはなかった。しいてあげればバリアフリーになっていることか。

　宇野は窓辺に立っていた。

　ロング丈のワンピース。紺地にちいさな花が散らしてある。手に持つリモコンを見て気づいた。それでドアの開閉をするのだろう。

「すてきなお車ね。なんていう車なの」

「ジャガーです」

　宇野が目を見開いた。

「あれがそうなの。わたし、四十歳くらいまでトラックばかり見ていたから」

「会社にでられていたのですか」

「ええ。主人はトラック一台から会社を興した人だから事務的なことはできなくて……経理と人事はわたしが担当していたの」

「夫唱婦随で会社をおおきくされた」

　宇野が目を細めた。思いついたように口をひらく。

「あら、ごめんなさい。どうぞ、お座りになって」

　言って、宇野はキッチンへ行き、お茶を運んできた。

　宇野と向き合って座り、紙箱を差しだした。

「ケーキです」

「ありがとう。あなたも召しあがりますか」

「いいえ」

「それなら、お昼前だからおやつにいただきます」

宇野の口調は滑らかだ。表情もあかるい。

気分のよさが見てわかる。

来てよかった。素直にそう思った。きのう銀座コリドー通りを歩いている間にひらめいた。ここの庭での会話と電話でのやりとりがうかんだ。

――またお会いする機会があれば、サロンでお茶を飲みましょう――

あのときは挨拶のような言葉だと思った。

――ティータイム……憶えておいてね――

電話を切る直前のひと言が胸に引っかかった。が、深くは考えなかった。人はそれぞれの環境の中で、いろいろな思いを抱いて生きている。

話したいことがあるのだろうか。歩くさなかにそう思い、電話での念を押すかのようなもの言いに推測がひろがった。あの土地のことで言いそびれた何かがあるのか。

帝国ホテルに着くころには、そうでなくても会いに行こうと決めたのだった。

お茶をすすり、宇野が顔をあげた。

「ふんぎりがついたわ」

「どういう意味ですか」

鶴谷はさり気なく訊いた。

「じつは」宇野が茶碗に吐息をこぼした。「おカネは払わなかったの」

「あの土地のことですか」

にわかに心臓が暴れだした。それを堪える。

「ええ。水沼さんが購入資金は自分のほうで用意するとおっしゃって……でも、いちおう小切手を用意するよう言われたのでそのように手配したら、水沼さんと一緒に来た方が現金を差しだして、小切手を受け取ったの」

「交換したわけですね」

「変でしょう。どうして面倒なことをするのかと、水沼さんに訊ねたわ。でも、教えてくれなかった。わたしには迷惑をかけないからと……それだけでした」

「現金を運んできた人をご存知でしたか」

宇野がゆっくり首をふった。座卓に手をつき立ちあがる。隣室のドアを開け、一分と経たないうちに戻ってきた。

「この方よ」

「…………」

受け取った名刺を見て、めまいがした。

名刺には〈合志プランニング　専務　横山忠夫〉とある。

「ご存知なのね」

「はい。確認させてください。この方の風貌などを憶えていますか」

「そうね。四角い顔で眉が濃かったのは……それくらいしか憶えていないわ」

「鬼瓦のような」

宇野の顔がほころんだ。

間違いなさそうだ。

「お役に立ちそう」

「はい、とても。助かりました。もうひとつ訊ねさせてください。先日、手続きは代理人にまかせたと……水沼さんのことですか」

「そう。小切手と現金を交換したさいに売買契約書に署名、捺印しました」

「契約の場には立ち会わなかったのですね」宇野が頷くのを見て続ける。「売買を仲介する不動産業者とは会わなかったのですか」

「ええ。わたしはそれっきり……土地を手放すときもおなじでした」

「ありがとうございます」

鶴谷は頭を垂れた。額が座卓にふれた。

電子音が鳴った。

宇野が座卓の端にある機器のボタンにふれる。

「はい」

《まもなく昼食の用意ができます》

返事をし、宇野が顔をむけた。

「残念だわ。いつか、あなたの車に乗せてね」

「支度をしてください」

「えっ」

「車に乗って、食事に行きましょう」

「ほんとう」

宇野の声がはずんだ。顔がくしゃくしゃになる。

鶴谷も笑った。

来てよかった。心底思った。水沼の話がなくても後悔はしなかった。

優信調査事務所の木村から宇野道子の個人情報を教えられたとき、見も知らぬ宇野に親近感を覚えた。

宇野の生年月日は病死した自分の母と一日違いだった。実家は大阪市此花区《このはな》で八百屋を営んでいた。あるとき商店街の再開発計画が持ちあがった。それは巧妙に仕組まれた詐欺だった。土地と家屋をだまし取られた父は自害し、衰弱しきった母は病気で他界した。鶴谷が遊びほうけていたときのことである。


鶴谷は手にした報告書から目を離さない。読み返しているわけではなかった。ひとつ目の攻め時なのか。それを思案していた。
二、三分はそうしていたか。息をつき、視線を移した。
アルファードはどこを走っているのか。左右の風景は記憶にない。暮れなずむ風景に宇野道子の笑顔がうかんだ。宇野を乗せてむかった先は中野だった。早稲田通り沿いの街の中華屋に入った。宇野の要望だった。

――お仕事に追われて、昼も夜も、三日も四日も出前を取ったことがある――

店の壁に貼られた品書きを懐かしそうなまなざしで見ていた。宇野の夫が創業した宇野運輸は目と鼻の先にあった。食事のあとのやりとりが印象に残った。

――会社に寄りますか――

――邪魔になるから帰ります――

そっけないもの言いだった。気のせいか、棘《とげ》があるようにも感じられた。

「それにしても」木村が言う。「宇野さんはよく話してくれましたね」

「死神に憑かれたような顔をしていたんやろ」

「逆の顔だと思いますが」

「どうでもいい」

鶴谷は煙草をくわえた。

宇野といる間は喫わなかった。ほしくもなかった。何かに集中しているときや気持が凪いでいるときは煙草に用がない。

煙草をふかし、右の人差し指で報告書にふれた。西新宿の土地Bの所有者である東原工機の國村の個人情報が記されている。

「肺動脈弁閉鎖不全症とはどんな病気だ」

「先天性心臓疾患の一種で、國村の娘の場合は重度の疾患と診断されています。三か月ごとの定期検診のほか、症状がでたときも通院しています。現在のところ命に差し障ることはないようですが、両親はひとり娘の将来に不安を覚えており、高度な技術を持つ医療施設での手術も考えているようです」

鶴谷は視線をおとした。

國村の長女は十七歳。私立の女子高校に通っている。添付の写真を見た。いかにも身体の線が細い。が、笑顔に翳《かげ》は感じられなかった。

煙草を消し、顔をあげる。

「筆跡の鑑定書はあるんやな」

「はい。裁判でも通用する鑑定書です」

「よし。國村の動きは」

「午後五時の報告では会社にいるそうです。会われるのですか」

「攫う。が、心配するな。おだやかに話すつもりや」

そうとしか言えない。動いたあとは臨機応変に対処する。

「自分も同行します」

「あかん」声を強めた。「ひとりでやる。やつの会社の近くで降ろせ」

木村が運転手に指示し、すぐ視線を戻した。

「しかし、車が必要でしょう」

「用意できるか」

ジャガーは自宅マンションに駐めてある。

木村が携帯電話を耳にあてる。

「わたしだ。セダンを用意してくれ……念のため、未使用の偽造プレートを付けなさい……そう。キャップとサングラスも……三十分後に東原工機のむかいで」

木村が携帯電話を畳んだ。

「追尾は見逃してください。緊急の事態に対応できなくなります」

「好きにせえ」

鶴谷はあっさり答えた。

過去の事案でも木村か部下が自分を密かに警護していたのは知っている。

スマートフォンが鳴った。ブルートゥースを操作する。
《西大島《にしおおじま》駅を出ました》木村が言う。《自宅のほうへ歩いています》
返事をして通話を切った。
東原工機の國村は江東区大島に住んでいる。
ほどなく住宅街の路地角から男があらわれた。別人だ。またひとり。今度は女で、
三人目も違った。都営新宿線のおなじ電車に乗っていたのか。

四人目の男を見て、鶴谷は運転席のドアを開けた。他人の耳目は気になるが、つぎの機会を待つ余裕はない。手筈も整えた。

車を降り、國村の前に立ちふさがる。

國村が足を止め、目をまるくした。

「憶えていますか。鶴谷です」

やさしく言った。

「何の用だ」

「大事な話があります」

「わたしにはない。無礼なまねをすれば警察を呼ぶぞ」

「ええんか」声音を変えた。顔を近づける。「ことを荒立て、警察沙汰にすれば大阪の連中がこまるやろ。コンサルの水沼の顔をつぶすことにもなる」

水沼は東原工機とコンサルティング契約を結んでいる。

國村が眉をひそめた。

「しかし……」

「悪い話はせん。穏便に済まそうや」

鶴谷は國村の肩に手のひらをのせた。

新大橋通りを東へ走った。荒川を渡り、信号を右折する。

「どこへ行く」

國村の声に不安の気配がまじった。

「あの土地を購入した日を憶えているか」

「三年前の三月」

「何日だ」

「十八日。それがどうした」

「売買契約書を持っているか」

「ある」

「そりゃあるやろ。持っているかどうかを訊いている」

「…………」

國村が口をゆがめた。

迂闊《うかつ》なことは言えないと思ったか。

鶴谷はほっとした。リスクを冒した甲斐があった。

――水沼さんが預かるというので、売買契約書は見なかったの――

宇野道子の証言がなければこんな行動は取れなかった。

標識が目に入った。直進の矢印に〈葛西臨海公園〉。船堀街道を南下している。

「どっちや。コンサルの水沼か、合志プランニングの横山か」

「何の話だ」

「あんたに名義を貸せと頼んだ相手よ」

「な、何を言う」声が裏返った。

「白紙委任状を西陽建設の顧問弁護士に渡したそうだな。それも水沼もしくは横山の指示だったのか」

「面倒なことは苦手なんだ」

「渡したのは認めるか」

「認める」

「受け取った弁護士は資格剝奪やな」

「えっ」

「有印私文書偽造および偽造私文書行使……あんたも罪に問われる」

「…………」

國村が口をもぐもぐさせた。

「あんたは白紙委任状に署名してない」

　帝都電鉄の弁護団は國村の白紙委任状を見せられたさい、それをコピーした。筆跡を疑わなかったのは慣習によるものか。白紙委任状は委任の内容を記さないため、代理人にとっては都合のいい委任状といえる。

「調べたのか……それこそ法にふれるんじゃないのか」

「不服なら訴えろ。こっちも手間が省ける。売買契約書も調べるつもりや」

　湾岸道路の手前を左折し、環状七号線を右に曲がった。路肩に車を停める。

　國村を見つめた。

「売買契約書は誰が持っている」

「弁護士に渡した」

「返答になってない。売買契約のあと誰が持っていたかと訊いている」

「横山さん」蚊の鳴くような声で言う。

「横山に頼まれたわけか」

「勘弁してくれ」

「何を。悪い話はせんと言うたはずやが」

「冗談じゃない。こんなことをされて……」

國村がくちびるを嚙んだ。瞳がせわしなくゆれだした。

鶴谷は左前方を指さした。

「煉瓦造の建物の文字が読めるか」

「栄仁会　城東総合病院」

「あそこの理事長とは懇意にしている」

國村がぽかんとした。

「日本医師協会の会長を務め、アメリカの心臓外科の権威とも親しい間柄や」

「えっ」

國村が目を見開いた。瞳のふるえが止まった。

「土地売買の件を話してくれるのなら、これからでも理事長に会わせる」

「こんな時間に」

鶴谷はスマートフォンを手にした。ハンズフリーにする。

《はい。わたしだ》

しわがれ声が聞こえた。

「遅くなって申し訳ない。これから伺います」

《まったく。見舞いにもこないで。まあいい。どうせ退屈している》

「ありがとうございます」

通話を切った。

栄仁会の本多理事長とは二十年の親交がある。「大阪は狭い。東京に捌きの場を移してはどうか」。捌き屋稼業を続けるかどうか悩んでいたとき、本多に言われた。東京に移り住んでしばらくは本多の紹介で仕事を請けていた。

きょうひさしぶりに電話をかけて、本多が入院しているのを知った。腸の具合がおもわしくないという。その程度で特別室を使うな。悪態をつきそうになった。

「どうする。娘さんが元気に走り回る姿を見たいやろ」

「あたりまえだ。しかし……」

「すべて、面倒は見る。あんたの裏切りは誰にも言わん。墓場まで持って行く」

「…………」

國村の眉尻がさがった。

疑心暗鬼に陥っているのか。思わぬ展開に頭がついて行けないのか。

鶴谷は口をつぐんだ。説得するつもりはない。

「会わせてください」

國村が目でも訴えた。

鶴谷は車を動かした。

話を聞くのは本多の顔を見たあとでいい。それが信義というものである。

ソファに寛ぎ、淹れ立てのコーヒーを飲んだ。エチオピア・モカのストレート。香りがよく、苦味が薄いので寝起きに飲む。

スマートフォンを耳にあてた。

「気になる動きはあったか」

《朝っぱらから電話をよこして……おまえは手詰まりか》

白岩がからかい半分の口調で言った。

「土地売買のからくりは見えてきた」

鶴谷は、東原工機の國村の証言をかいつまんで話した。

城東総合病院を出たあとの國村は別人のような表情になり、帰りの車中で國村は憑きものが落ちたような顔をして饒舌《じょうぜつ》になった。

――まずはアメリカの友人の病院で検査を受けよう。わたしが手配する――

本多理事長の言葉が効いた。

國村はいまにも泣きそうなほど目を輝かせ、両手で本多の手を握りしめた。

《秘書崩れにろくなやつはおらんのう》
「俺やおまえが言うことやない」
《ぬかすな。わいは人の褌《ふんどし》で相撲は取らん。おまえもおなじやないか》
「そんな話はどうでもええ。要は、水沼が土地売買を仕切り、土地購入の資金は合志プランニングの横山が用意したという事実や」
《合志か横山にカネを動かしたという事実はあるんか》
「ない。Ｂの土地の売買が行なわれた前後の合志プランニングの取引銀行の入出金明細書を調べたが、購入資金と思われるカネの動きはなかった」
《原資は大阪……そういうことやな》
「推測や」
《西陽建設の金庫も調べたか》
「そっちはむずかしい。子会社をふくめ、関連会社が十数社もある。標的の近くにいる連中はより慎重に手を打ったはずや」
《山藤の企業舎弟もおなじというわけか》
「そういうことよ」
《もどかしいのう。水沼か横山の口を割らせろ》

「無茶を言うな。やるとしても確証を摑んでからや」

　白岩が低くうめいた。

「そっちの動きは」

《きのう、松井組舎弟の稲川とＫＡ企画の辛島が会《お》うた。梅田のホテルのラウンジでひそひそ話をしていたそうな》

　探偵の助手が稲川の監視を続けているという。

《わいが思うに……こっちのキーマンは稲川やで。おまえが東和地所の依頼を請けたあとの一週間に、西陽建設の吉本は松井、辛島と会うた。稲川は松井と辛島。松井と辛島は会うてへん。つまり、吉本と稲川が軸になるのやが、肝心要の山藤と顔を合わせたのは稲川ひとり。全容を知る者は稲川と考えられる》

「用心して、吉本は山藤に接触しないのかもしれん」

《その可能性はある。けど、わいが山藤なら吉本は信用せん》

　白岩がきっぱりと言った。

　何故と訊くのは失礼だ。白岩は人を見る。極道としての嗅覚は鋭い。

　鶴谷は話題を変えた。

「頼みがある。メモは取れるか」

すこしの間が空いた。

《言え》

「080－9○×6－△××3。名義人は鈴木竜一、七十八歳。購入時は西成のドヤ街に住んでいた。現在は消息不明や」

《闇に流れたな。わかった。所有者を特定してやる》

「頼む」

言って、鶴谷は迷った。

故平川と水沼の出身地である和歌山も気になる。

──関西方面をあたってみましょうか──

優信調査事務所の木村に打診されたとき、白岩がうかんだ。が、白岩に調査を頼むのは酷なような気がする。白岩とは同業の松井と稲川、西陽建設の吉本にKA企画の辛島と、白岩には負担をかけすぎている。白岩の動きを察し、松井が白岩の命を狙う恐れもある。しのぎを賭けた極道とはそういうものだ。

《なんや》白岩が言う。《ほかにも頼みがあるんか》

「ない」

そっけなく返し、通話を切った。

ソファにもたれ、煙草をくわえた。火をつけたところでスマートフォンが鳴った。画面を見た。時刻は午前十時四十分。耳にあてる。

《木村です。横山が東京駅に入りました》

「ひとりか」

《はい。いま、みどりの窓口にいます》

「おまえが尾行しているのか」

《そうです。きのうの部下の報告が気になりました》

鶴谷は頷いた。

きのうの出社も退社も定時で、出勤途中も帰宅途中もうかない顔をし、駅のホームでは何度も人にぶつかっていたという。前日の夜に会った寿企画の水沼と面倒な話をしたのか。それが尾を引いているのか。

菜衣からもバー『紋白蝶』での二人の様子を聞いた。『紋白蝶』のママによれば、水沼ひとりがはしゃぎ、横山は心ここにあらずというふうに見えたそうだ。

《尾行を続けさせてください》

木村が急き込むように言った。

「ええやろ」

《もうひとつ、報告があります。ついさっき、水沼が東和地所に入りました》

「わかった」

通話を切った。

胸がざわめいている。鼻でそっと空気を吸い、口からゆっくり吐きだした。二分ほどくり返した。幾度か発作を経験したあと、無意識にそうするようになった。

要らぬことは考えないことだ。思いつき、キッチンへむかった。


玉ねぎを薄切りに、ピーマンを薄く輪切りにする。

家で包丁を持つことはあまりないが、冷蔵庫に食材は揃っている。菜衣の部屋に降りたさい冷蔵庫を開け、食材を分けてもらう。

食パンにケチャップを塗り、ブラックペッパーとバジルをふりかける。

「何をつくっているの」

視線を移した先に菜衣が立っていた。

マンションを購入して以来、ベランダの窓にロックを掛けたことはない。

「ピザトーストよ」

キノコのコンソメスープと小夏のフレッシュジュースもつくる。

「わたしも食べたい」

言って、菜衣が背をむけた。

テーブルの上をきれいにし、食器を洗ったあと、菜衣は隣室に消えた。いつも一時間はツルを眺めているという。

もう発作のことは忘れている。精神疾患とはそういうものである。

木村の電話から一時間が過ぎた。

煙草をくわえて一服し、東和地所の杉江専務の携帯電話を鳴らした。

《はい。杉江です》さわやかな声で言う。

「水沼は帰ったか」

笑い声が届いた。

《しっかり威されました》

「俺のことでか」

《あなたのお友だちにやくざがいるそうですね》

「おらん。極道ならおる。竹馬の友や」

関西の極道はやくざと言われるのを嫌う。が、極道の白岩を擁護するために軽口を叩いたわけではなかった。杉江のもの言いが余裕を持たせた。
「俺と極道がつるんでいるとでも言われたか」
《日本を代表する企業がやくざ……失礼、極道を使うとは何事だと。ことがあかるみにでれば御社は世間からバッシングを浴びると威嚇されました》
「どう答えた」
《気になりますか》
「ならん。後学のために訊いた」
《わたしは鶴谷さんに全権を委ねた。俎板の鯉です》
「活かすも殺すも俺次第というわけか」
《いいえ。あなたはわたしを殺さない。そう信じなければ鯉にはなれません》
「覚えておく」
《ありがとうございます。ところで、経費は足りていますか》
「五千万円ほど必要になるかもしれん」
きのう、栄仁会の本多理事長にささやかれた。
――アメリカで手術することになれば片手はかかる――
カネの話はするな。即座に返した。

《いいですね》

「ん」

《朗報に聞こえました。前回もそうでした》

「…………」

鶴谷は肩をすぼめた。

築地市場跡地に関するトラブルで杉江から依頼があった。二年前のことだ。交渉の詰めの段階で相手の身内から決定的な証言を得た。その代価として、新築マンションを用意したのだった。証言者に要求されたわけではなかった。鶴谷が見返りを提示したわけでもなかった。自分を利する行為には誠意で応える。自分が示す誠意はカネ。

鶴谷は己にそう言い聞かせている。

東原工機の國村の証言の代価は娘が笑顔で走り回れるようになることだ。

平河町でタクシーを降り、アルファードのドアを開けた。

木村が座る席に優信調査事務所の副所長がいる。

「やつは中か」

「移動中です」

副所長がタブレットの画面を見せた。地図の上を赤い丸印が動いている。盗聴のあと、水沼の車にGPS端末を取り付けた。

「三分前に衆議院の第二議員会館を出ました」

鶴谷はいつもの席に腰をおろした。

「まもなく到着です」

言われ、鶴谷は白いレースのカーテンの隙間からそとを覗いた。

水沼がオフィスビルに入るのを確認してヘッドホンを耳にあてる。

ほどなくしてドアを開閉する音がした。

静かに十五分が過ぎて、電子音が聞こえた。

《水沼だ……いまのところ問題はない……わたしを威すのか……すまない。横山には因果をふくめた。捌き屋ごときの好き勝手にはさせない……わかっている。豊中には心配無用と伝えてくれ》

くそっ。水沼のひと言のあと、また静かになった。

副所長がイヤホンをはずした。

「相手を確認しますか」

「頼む」

相手の見当はついた。080―9○×6―△××3の所有者だろう。水沼のもの言いが似ている。水沼は相手によって言葉遣いが変わる。

鶴谷は首をひねった。

――横山には因果をふくめた……――

あの言葉が気になる。木村の電話での話がかさなった。

そのまま三十分が過ぎた。盗聴器からは女事務員との短いやりとりが届いただけである。落ち着かない気分が続いている。

スマートフォンがふるえた。

《やはり変です》木村が早口で言う。《横山は新大阪駅で在来線に乗り換え、西宮で降りました。寺で墓参し、近くにある実家に入りました》

横山の生家は西宮の山手にある。両親は死亡し、ことし三月までは妹夫婦が住んでいたが、夫の転勤で福岡に移住し、いまは空き家になっていると聞いた。

木村が続ける。

《様子が気になって、合志プランニングと横山の自宅に電話しました。会社には体調不良で欠勤すると連絡があったそうです。自宅は奥さんがでて、朝、出勤したと……何かあったのですかと疑われました》

鶴谷は顔をしかめた。自害の二文字がうかんだ。何度かおなじ体験をしている。木村も不安を覚えているのか。

《庭に忍び込み、しばらく様子を見ます》

「できるのか」

《門から見るかぎり、何とかなると思います》

「まかせる」

《もしものときは身柄を確保し、家族を呼びますか》

三年前の事案では監視対象者がホテルで自殺を図り、家族を呼んだ。

今回は状況が異なる。「横山には因果をふくめた」水沼の言葉も気になる。

「身柄を押さえたら連絡しろ。俺が手を打つ」

通話を切った。

副所長の不安そうなまなざしが神経にふれた。

鶴谷は無言でそとに出た。ひとりになりたかった。

坂本隼人が車を停め、カーナビゲーションを見る。これで三度目だ。

西宮の住宅街を走行している。

白岩は脚をゆすった。助手席に乗っている。

後部座席のドアが開き、和田が飛びだした。前方に走る。ゴミ袋をさげた中年女と言葉を交わしたあと、笑顔で戻ってくる。

白岩もそとに出た。

★　★

「つぎの路地角を左に曲がって、右から三軒目の家だそうです」

頷き、白岩は坂本に声をかけた。

「玄関の前に停めておけ」

路地にむかって走る。和田が追ってきた。

表札を確認し、門扉を開けた。チャイムも鳴らさず、玄関のドアを引き開ける。

玄関も廊下も灯がともっていた。

足音がして男があらわれた。

「やはり、あなたでしたか」

木村が笑顔で言った。

顔を見るのは二年ぶりか。東京では何度も会っている。

「ほかに誰がおる」

白岩は靴を脱いだ。廊下に立ち、言葉をたした。

「うちの若頭や」

「和田と申します」

和田が腰を折った。

挨拶のあと、木村に話しかける。

「根性無しはどこや」

「どうぞ」

木村がきびすを返した。

ダイニングテーブルの椅子に男が座っていた。顔をあげる。目が虚ろだ。

白岩は正面に座り、両肘をテーブルにあてた。

「殺されようと、男は死んだらあかん」

「…………」

男があんぐりとした。

「合志プランニングの横山さんです」

言って、木村が横山のとなりに座る。和田は壁際に立った。

「白岩や。極道をしとる」

「…………」

「ものが言えんのか」

横山が首をふる。

「びっくりして……あなたは……」

「捌き屋の鶴谷は知っているな」

「ええ」

「やつとは淀川で連れ小便をした仲よ。あんたの力になってくれと頼まれた」

「あなたも……」

「わいは善意でここに来た。極道は堅気とつるんでしのぎはかけん」

木村の頬が痙攣している。

笑いを堪えるのに必死のようだ。

「木村さんやったな。あんたは何でここに」

「横山さんの様子が変だったので、東京からあとを尾けました」木村が真顔をつくって言う。「庭に隠れて様子を窺っていたら、横山さんが椅子にあがり、鴨居に紐をかけたので窓ガラスを割って入りました」

「立派な行為や」

白岩は横山に視線を戻した。

「どういう事情があるか知らんけど、助けられた命、粗末にするなよ」

「ええ」

聞こえないほどの声だった。

「家族はおるか」

「東京に」

「帰るか」

横山がぶるぶると首をふった。

「けど、ここにひとりで置いておくのは物騒や」

「ご心配なく」

「そうはいかんねん。わいは無二の親友に頼まれた」

「横山さん」木村が言う。「鶴谷さんのお友だちなら安心です。しばらくのあいだ、この方のお世話になってはどうですか」

横山が眉で八の字を描いた。

白岩は木村に話しかけた。

「あんたは鶴谷とどういう仲や」

「鶴谷さんに雇われた調査員です。十五年のつき合いになります」

「人嫌いの鶴谷が……ところで、あんたは事情を知っているのか」

「はい。あなたがこられるまで、二人で話をしていました」

「この人は鶴谷の敵か」

「いいえ。関係者のひとりで、いまは身に危険を感じておられます」

「つまり、知りすぎたわけか」

「そういうところです」

木村が表情を弛めた。

余裕がでてきたようだ。話を合わせる口調が滑らかになってきた。

「なら、なおさら引けんのう」

白岩は視線を戻した。

「晩飯は食ったか」

横山が首をふる。

顔に血の気が戻ってきたようにも見える。木村とのやりとりを聞いてすこし安心したのか。敵ではないと感じ始めたか。

白岩は腕の時計を見た。午後八時を過ぎている。

「死にかけたんや。食欲があるとは思えんが、食って寝るのが一番よ」

「横山さん。そうしましょう」

木村が横山の肩に手をのせた。

横山がこくりと頷き、白岩と目を合わせた。

「よろしくお願いします」

わずかだが、声にも力が戻った。

テーブルの上の空気がゆれたような気がした。


赤いカーペットが敷かれた階段をあがる。

白を基調にした店内はやさしい光に満ちていた。ガラスメーカー・バカラの直営店『B bar Umeda』。ＪＲ大阪駅前のヒルトンプラザの二階にある。

中央のシャンデリアのそばに痩せた初老の男と女が二人。家族か、上司と部下か。

三人がにこやかに談笑している。

　白岩は奥のカウンター席に腰をおろした。

　木村がとなりに座る。

　北新地の焼肉店『浪漫亭』で遅い晩飯を食べたあと、横山を自宅に連れて行った。白岩は堂島川と土佐堀川にはさまれたマンションの十五階に住んでいる。坂本に二人分の寝具を運ばせた。しばらく和田も同居することになる。純朴な和田なら横山の話し相手になれると判断した。

　ウィスキーのオンザロックと水割り、チョコレートを注文する。

「鶴谷さんは自分の名前を言ったのですか」

　木村の問いに首をふった。

「状況の説明もなしや。わいを顎でこき使う」

　木村が頬を弛めた。

「自分と白岩さんの仲を知っているのだと思います」

「いまごろ気づいたんか」

　そっけなく返し、煙草をくわえた。ダンヒルで火をつける。

　バーテンダーが白岩の前に赤色、木村のほうには銀色のコースターを置いた。

白岩はロックグラスを手にした。球形の氷が琥珀色《こはくいろ》の液体に包まれている。

「横山は鶴谷の役に立ちそうか」

「いまは何とも……横山の失踪を知って敵がどうでるか、読めません」

「なんで死のうとした」

白岩は自殺を図った背景を知らない。白岩が善意の第三者を装ったせいか、大阪へむかう車中でも食事中も木村はそのことにふれなかった。白岩も訊かず、焼肉店では横山の気を紛らわすよう努めた。おかげで口が疲れた。

「まさか、横山が水沼の手の中にあるとは思いもしませんでした」

「どういうことや」

「株です。横山は株に手をだし、会社の金庫に穴を開けた。株を買うよう勧めたのが水沼だそうです。企業の極秘情報があると……横山は鵜呑みにしたのでしょう。水沼は企業の裏事情に精通しているようなので。ところが、株投資は失敗し、手持ちのカネをなくした横山はそれを取り戻そうと会社のカネに手をつけた」

「それをネタに、水沼が強請《ゆす》ったんか」

木村が首をふる。

「水沼はなかなかしたたかな男のようです。鶴谷さんが名乗りでるまでは会社にばれないようアドバイスをしてくれたのに手のひらを返されたと……捌き屋の手の届かないところに身を隠せと言われ、捌き屋と接触するようなことがあれば使い込みをばらし、家族ともども路頭に迷わせると威されたそうです」

「水沼という野郎、もはや人ではないのう」

「まったくです。と言って、横山に同情の余地はありませんが」

「…………」

白岩はグラスを持ち、かるくゆすった。

まるい氷に彫られた〈B bar〉の文字が消えかかっている。

他人の行為に注釈をつけるつもりはない。ましてや善悪を論じる立場にないのは自覚している。盟友の助けになりたい。その一念で動いている。

あおったグラスをコースターに戻し、左腕で頬杖をついた。

「横山をどうするのですか」

「鶴谷から指示はあったか」

焼肉店での食事中に木村は五分ほど個室を出ていた。横山を白岩の部屋に入れたときも、木村は携帯電話を手にベランダに立った。

「横山に関する指示はありませんでした」

「ほな、預かるだけよ。それまでは死なさん」

「面倒になりませんか」

木村が遠慮気味に訊いた。

「極道に面倒はつきものや」

「それはそうでしょうが、大阪には山藤と松井組が……横山が消息不明になったと知れば必ず連中は動きます」

「それがどうした」声音が強くなる。「何遍も言わせるな。わいは極道や。その前に、人として、友との約束は何が何でも守らなあかん」

「わかりました。自分も全力を尽くします」

「それでええ。おまえはひたすら稼業に励め」

「はい。ところで、白岩さんは所有者不明のケータイのことをご存知ですか」

「ん」

白岩は眉をひそめた。とぼけるのは造作もない。

「鶴谷さんが水沼のオフィスに盗聴器を仕掛けました」

言って、通話の相手に所有者を特定できない電話番号があると話しだした。

白岩は黙って聞いた。

ひと息つき、木村が話を続ける。

「そのケータイの購入者が西成の居住者だと判明した時点で、関西方面にいる誰かとあたりをつけたのですが、大阪府警に照会してもわかりませんでした」

「府警が警視庁に協力するとは思えん」

「おっしゃるとおりです。しかし、公安部署は別です。どこかの部署が個別にかかえているデータも閲覧することができます」

「で、わいに調べてほしいんか」

白岩はそっけなく言った。

使用者不明の携帯電話のことは木村に配慮してとぼけたのだった。木村は自分と鶴谷の仲を熟知している。それでも人間である。鶴谷がひとつの事案の調査を二人に依頼したと知れば、気分のいいはずがない。

「お願いできますか」

白岩が頷くと、木村が手帳の一枚を破り、それに数字を書いた。

頬杖をついたまま受け取る。0８0-9○×6-△××3。おなじ番号だ。

その番号の携帯電話の使用者はほぼ特定できた。きょうの夕方のことである。鶴谷の依頼を受けて、探偵の長尾に連絡した。長尾は監視対象者の誰かと見当をつけたのか。当人とその関係者の携帯電話の通話履歴を調べたらしく、稲川の情婦である朱美の携帯電話の発着信履歴におなじ番号を見つけた。しかし、稲川と断定する証拠はないと言い添え、調査を継続するとの報告を受けた。

長尾の報告は即刻、鶴谷に教えた。

その事実を鶴谷は木村に話さなかったようだ。

横山の件で頭が一杯なのか。確証を摑むまで教えないのか。

白岩は鶴谷の心中を思った。

木村を大阪方面に深入りさせたくないのか。木村の身を気遣っているのならどうするか考えるまでもない。

「心残りですが」木村が言う。「あした帰ります」

「鶴谷の指示か」

「そうです。調べたいこともあるので抵抗したのですが」

木村が肩をすぼめた。

「わいもおまえも傭兵の身や」

頬杖をはずし、空けたグラスをコースターに置いた。

「羽を伸ばして帰れ」

「そうはいきません。白岩さんの部屋に戻ります」

「うちの和田は信用できんのか」

「とんでもないです。が、ホテルを予約していないので、和田さんと交替しながら仮眠を取らせていただきます」

「野郎ばかりの雑魚寝は様にならん。遠来の客を粗末にするわけにもいかん。で、北新地のホテルを予約した」

「すみません。そういうことならお世話になります」

木村が笑顔を見せた。

立ちあがると乾いた笑い声がした。

初老の男と女二人の席にはなごやかな空気がひろがっていた。


タクシーを降り、背伸びをした。

黄色の太陽がうっとうしい。後頭部が重く、吐く息は酒臭い。

昨夜は北新地のクラブとバーを梯子し、木村をホテルに送り届けた。憶えているのはそこまでだった。歩いたのか、タクシーに乗ったのか。目覚めたのは自宅のベッドの上だった。若頭の和田が起こさなければ寝坊していた。シャワーを浴び、コーヒーを飲んで家を出た。居候の横山とまともに言葉を交わす時間はなかった。それでも魂のぬけたような顔を見て安心した。何をする気力もなさそうだった。

天満《てんま》警察署を横目に歩き、西天満の鰻屋に入った。前日に予約してある。

大阪府警察本部の富永はすでに来ていた。小座敷で胡座をかき、ビアグラスを手にしていた。背中は畳のようだ。会うたび太ったように見える。

「本部の管理官はひまなんか」

声をかけ、白岩は正面に座した。

「あんたとの縁が切れりゃもっと楽できる」

「いつでも切らんかい」

「そうしたいのは山々やが、俺は人情の塊やさかい」

「あほくさ。食欲、性欲、出世欲の間違いやろ」

「人間から欲を取って何が残る」

せせら笑い、富永がビールを飲んだ。

大阪府警のマル暴担当は口の達者な連中が多い。郷に染まるのだ。

白岩は座卓の品書きを見た。

「もう頼んだで」富永が言う。「面倒やさかいコースにした」

「フルか」

「ほかにもあるんか」

とぼけた顔で言い、富永がビール瓶を差しだした。

あきれてものが言えない。グラスを持って受けた。

「長尾は役に立っているか」富永が訊く。

「掘り出しものや」

本音だ。仕事はできる。あけすけな気性も気に入っている。

仲居が料理を運んできた。

座卓いっぱいに器がならんだ。胃の残滓《ざんし》が逆流しそうだ。

「さすがのあんたも歳には勝てんか」

からかうように言い、富永が箸を持った。

返す言葉がない。ちかごろ実感している。富永が曾根崎署にいたころは朝陽を拝む時刻まで飲んでも記憶をなくすことはなかった。

うざくをつまみ、う巻きを食べた。後出しの鰻重にはたどり着けそうにない。

お茶を飲んで時間を流した。

小鉢を片付け、富永が箸を休めた。

「最近ようゴルフに誘われる」

「わかった。わいの手垢のついたセットを届けたる」

「それで辛抱しとくわ」

あっけらかんと言い、富永が畳に置いた上着の内ポケットをさぐった。

白岩は一枚の紙を受け取った。

三人の名前だけが記してある。

「証拠品にならんよう名前だけにした」富永が真顔で言う。「上の米澤大介は二年前の参議院選挙比例区で初当選した民和党議員や。府警本部に三年おった」

「ん」眉根が寄った。

「図星よ。山藤の事案は着任二年目のことで、米澤は警務部長やった」

「なるほど。後腐れのないよう、監察室のある部署を抱え込んだか」

長尾から得た山藤情報を話し、富永に情報の精度を高めるよう求めたのだった。

「大金が動いたといううわさは確かにある。とくに米澤や。山藤のカネで警察官僚の票を買い、民和党の族議員にカネをばら撒き、民和党には上納金を納めた……そんなうわさだが、米澤の出自、生い立ちをたどれば真実味がでてくる」

「カネには無縁の家系か」

「ああ。米澤の親族にも女房の身内にも裕福なやつはおらん」

言って、箸を持ち直した。話している間に鰻重と肝吸いが届いた。

富永は顔をあげなくなった。

白岩は肝吸いを飲み、鰻をつまんで時間をやり過ごす。

鰻重を半分ほど食べたところで、富永が箸を置いた。

「二人目の辛島は知っているか」

「KA企画の社長やな。なんでこいつの名前がある」

「山藤が絡んだ事案の真ん中にいた。当時、捜査の的は山藤やったが、やつの容疑は有印私文書偽造と偽造私文書行使および恐喝だった。辛島は関西同和協会の幹部として大阪府と大阪市の行政に深くかかわっていた。大阪市が民間に払い下げた土地は戦後の一時期に関西同和協会の関連団体が破格の低賃料で使用していたこともあり、市議会が民間への払い下げを決定する前から辛島が動いていたそうや」

「その過程で、贈収賄が行なわれたわけか」

「そのようだ。が、山藤事案の捜査報告書に贈収賄の文字はない」

「どういうことや」

「そのまんまよ。捜査員らは贈収賄の事実をつかんでいなかった。これは事実や。当時の担当者のひとりから話を聞いたので間違いない。辛島と」声を切り、紙に右の人差し指を立てた。「三人目の馬場雄作……市役所の幹部だが……二人を攻め落とせば山藤逮捕に結びつくと考えていたそうや」

「…………」

白岩は首をひねった。

富永の話はまわりくどいような気がする。疑念のひとつが声になる。

「贈収賄疑惑が発覚したのはいつのことや」

「府警が山藤逮捕を断念したあとよ。山藤担当と入れ替わって、府警本部内に特別捜査班が編成された。二課と四課の合同チームや」

富永がビールで喉を鳴らした。

「あんたと話していると食った気がせん」

「うるさい。とっとと情報を吐きだせ。わいの気分をすっきりさせてくれたら、五万円のステーキを食わしたる」

「そら、たのしみや」

富永が目元を弛め、顔を近づけた。

「贈収賄疑惑の情報源は山藤よ。出処は口が裂けても言えんが、確かな筋の話や。山藤は何度目かの訊問のさなかに、話のできる官僚を呼べとほざいたそうな」

「取引か」

「間違いない。本部の幹部連中が極秘で協議し、ホテルの一室で当時の刑事部長と警務部長が山藤と面談した。そこから先はペイペイの出る幕はなかった」

「なんと」

白岩は目を見開いた。身体が熱くなる。

探偵の長尾の声がよみがえってきた。

――……神俠会の直系組長が逮捕された――

山藤はわが身を護るために同業を警察に売ったのか。しかも、おなじ代紋を掲げる組織の組長である。

白岩の表情に危険な気配を察したのか、富永は残りの鰻重を食べだした。重箱の隅まで突いたあと、肝吸いを水のように飲み干す。

白岩は左肘をつき、身を乗りだした。

「贈収賄事案の捜査報告書に山藤と辛島、市役所の馬場の名前はあったか」

「ない」

「連中は贈収賄事案に絡んでいなかったのか」

「断定はできん。が、別ルートなのは確かや。逮捕者の中に不動産業者がおった。神俠会の組長の企業舎弟で、この男が大阪市役所の幹部と結託し、政治家や関係者にカネを摑ませたそうな」

「二本立ての仕込みか」

「辛島は都市計画局、不動産業者は経済戦略局の幹部とつるんでいた」

「馬場の個人情報をよこせ」

富永が顔をしかめ、上着に手をかけた。

「今回はこれを最後にしてくれ」

これまでと一変し、懇願のもの言いになった。

白岩は無言で紙を受け取った。

馬場の個人情報が記してある。どうせ要求されると読んで用意したのか。

ざっと目を通し、二枚の紙を折り畳んだ。


御堂筋を南下し、心斎橋の二つ手前の信号を右折する。新町一丁目の路地を左に曲がった先でタクシーを降りた。

木造家屋の前で白衣の男が腰をかがめていた。

白岩はその背に声をかけた。

「何してんねん」

「見りゃわかるやろ」

愛想のない声がした。

一斗缶の中で藁が燃え、串刺しの鰹がやわらかな炎に包まれている。炎のむこうに〈冨久鮓〉の文字。大津の舟板に書いてある。

ちいさな瓢簞《ひょうたん》を連ねた簾を分け、ひとりで店に入った。

一階のカウンターには七人が座れる。手前にカップル、奥に好子がいた。

きょうの昼過ぎに好子から連絡があった。週明けに東京へ行くという。花房のがん治療に同行するのだ。それを聞いて『冨久鮓』を予約したのだった。

となりに座り、冷酒を頼んだ。好子に話しかける。

「先代のご様子は……姐は元気にしていたか」

好子が笑みをこぼした。

「何がおかしい」

「光義は難儀をかかえているのかと、おかあさんに訊かれた」

「どう答えた」

「今回はわたしがわがままを言わせてもらいましたと」

「そうか。気を遣わせてすまんのう」

二合瓶を持ち、好子のぐい吞に注いでやる。

口をつけたあと、好子が顔をむけた。

「難儀しているの」

「心配いらん。鶴谷の頼みやなかったらわいもお伴をしていた」

酒をふくみ、咽におとした。舌にさわやかな香りが残った。

「鶴谷さん、元気か」

声がした。いつの間にか店主が戻っていた。

「憎まれっ子、世にはばかる。親方とおなじよ」

「けったくそ悪い。あんたにだけは言われとうない」

口は悪いが料理の腕は確かだ。魚の目利きには客の誰もが唸る。

あこうの刺身が来た。ハタ科の魚だ。関東でもおなじ呼称の魚がいるけれど、そちらはアコウダイの別称で、フサカサゴ科の魚だからまったく別物である。

ポン酢にくぐらせ口に運ぶ。声がでない。好子の目は三日月になった。

鰹のタタキも無言で食べた。

箸を置き、酒を飲む。思いだしたように口をひらいた。

「で、どうなんや。先代のご様子は」

「見た目はお変わりなかった。おかあさんはすこし痩せたように感じた」

「…………」

白岩は表情を曇らせた。

花房のがんは進行していないとはいえ、姐の心労は絶えないだろう。

好子の目がものを言っている。

「東京から戻られたら二、三日、泊まりに行く」

「そうしてあげて。でも、鶴谷さんのほうは大丈夫なの」

「あいつのしのぎは短期決戦や。わいが味方やさかい直に片がつく」

「それを願うわ」

女将が空き皿をさげ、木箱を置いた。

淡路島産の雲丹《うに》はこれから夏場にかけて旬になる。

口の中に磯の香りがひろがる。甘みを残して溶けた。

「わたしも泊まりに行く」

問答無用のもの言いだった。

わいに話があるんか。訊きそうになった。

記憶に留めている好子の言葉がある。

――いずれお二人と一緒に住みたいと思っている――

去年のことだ。好子が夏風邪をこじらせた姐の看病をしていたときに聞いた。

ふと思いつき、それが声になる。

「店の子らはいつ結婚するねん」

「ことしの十月と決めて、式場を選んでいるみたい」

「めでたいのう」

「うちとあなたに仲人を頼みたいと……あほな子やろ」

「親御さんを泣かすなと言うたれ」

好子が相好《そうごう》を崩した。

「言ったわ。そっくりそのまま」

「わいにできることは何でも言うてくれ」

「ありがとう。けど、うちひとりで大丈夫」

「…………」

白岩は口をつぐんだ。

そのあとはどうする。声になりかけた。花屋の経営を若者夫婦に禅譲し、花房夫妻の世話をするつもりか。会話を続ければそういう展開になって行く。

締めに鱧の雑炊を堪能し、『冨久鮓』を出た。

花屋に戻るという好子をタクシーに乗せ、心斎橋にむかって歩く。

夜風がほろ酔いの身体を撫でるようにして流れる。土曜のせいか、路上に人影はすくなく、ビルの窓明りもほとんど見えなかった。

阪神高速一号環状線にさしかかったところで、白岩は携帯電話を手にした。食事中に探偵の長尾から連絡があった。ＫＡ企画の辛島が宗右衛門町にいるという。その報告がなければ好子を花屋で降ろして自宅に帰るつもりだった。

かたわらを黒っぽいミニバンが通り過ぎる。

視線をふると同時にタイヤの軋む音がした。

ミニバンから三人の男が飛びだしてきた。全員が目出し帽を被り、手にものを提げている。金属バットか鉄パイプか。鈍い光だ。

白岩は携帯電話をポケットに戻した。

「おりゃ」

奇声を発し、先頭を駆ける男が金属バットをふりかざした。

一歩踏み込み、右足を伸ばした。つま先が相手の鳩尾《みぞおち》に突き刺さる。手応えは充分だ。男がうめき、腰を折る。伸ばした足を横に払う。首を直撃。男は顔から地面に倒れ込んだ。金属バットが地面を転がる。

「われ」

のっぽの男が咆哮《ほうこう》した。鉄パイプを振り回す。

白岩はかわさなかった。左腕で受け止め、右の正拳突き。顔面を捉える。くぐもった声のあと、血が飛び散った。鼻梁が折れたか、歯が欠けたか。

うずくまる男のむこうにいる男が鉄パイプを投げ捨てた。懐に手を入れる。金属音がした。ジャックナイフか。

笑いそうになった。

「リンゴを剝くんか」

「…………」

「マシンガンを持って出直さんかい」

「くそっ」

声は迫力に欠けた。足は前に動かなかった。

自分から近づきかけて足を止めた。

道路むかいの女が悲鳴をあげている。

「仲間を担いで、消えろ」

言い置き、白岩はその場を離れた。

警察沙汰にはしたくない。被害者であろうと長い訊問を受けるはめになる。


翌朝、白岩は自宅から梅田へむかった。

運転席の坂本に声をかける。

「横山はどんな様子や」

「おとなしいです。若頭が気を遣って話しかけるとあかるい表情も見せるのですが、それ以外はいるかいないかわからない感じで、こっちが不安になります」

横山の携帯電話は没収し、木村が東京に持ち帰った。鶴谷の指示による。外出は和田か坂本の同伴でのみ許可しているが、自宅周辺の散策に限定している。

「不平や不満は言わんのか」

「はい。とても親分の敵とは思えません」

「わいに敵はおらん。国民のアイドルよ」

坂本が無言でハンドルを切った。

あと二、三分か。

白岩は腕を組んだ。横山の身柄を預かって以来、気分が落ち着かない。鶴谷が連絡をよこさなくなったせいだ。西宮に駆けつけたときは気分が高揚していた。これから事態は一気に動く。その予感はあっけなくはずれた。

東原工機の國村と合志プランニングの横山。交渉相手の関係者二人を手中に収めてもなお動こうとしない鶴谷の胸中が読めない。國村と横山では駒不足なのか。決め手に欠けるのか。それにしても鶴谷から連絡がないのは腹立たしい。かといって、自分から電話をかけてあれこれ言うのも如何なものかと思う。正念場を迎えつつある局面で鶴谷によけいな神経を遣わせたくはない。

車が右車線に移った。右折してすぐにＪＲ大阪駅がある。

白岩はシートベルトをはずした。

「おまえは帰って寝ろ」

昼間は和田、深夜は坂本が横山を監視している。

新阪急ホテル一階のラウンジに入った。

探偵の長尾は前回とおなじ席でスマートフォンの画面を見ていた。

正面に腰をおろし、ウェイターにコーヒーを頼んだ。

長尾が口をひらく。

「例のケータイの持主を特定した。稲川や」

「通話の相手もわかったか」

「所有者の身元確認ができたのは四人。西陽建設の吉本、ＫＡ企画の辛島、それに情婦の朱美と東京にいる水沼寿。水沼は企業コンサルや」

「…………」

山藤と松井は。訊きかけてやめた。愚問である。自治体の暴力団排除条例によって暴力団員は正規に携帯電話を購入できなくなった。

白岩は届いたコーヒーを飲んだ。

長尾が続ける。

「それにしても野郎は人づき合いがすくない。朱美と、山藤が所持していると思われるケータイ以外は多くても月に一回か二回や」

「親族にもかけてないんか」

「ああ。メールも朱美としかやりとりしてない」

「稲川に気になる動きはあったか」

「ない。昼間はほとんどアパートにいる。競輪かもしれん。元同僚によれば、野郎の唯一の趣味らしい」

「夜は」

「きのうは朱美とアパートの近くのスナックに行ったそうな」

「ふーん」

曖昧に返した。

何となく親しみを覚える。極道らしいと言えなくもない。悪知恵を搾り、カネ儲けにあくせくする輩が増えた。代紋を背負った稼業に命を賭ける。極道の本分である。それを忘れた極道はクズ以下の存在で、もはや人ではない。

「あんた」長尾がにやりとした。「怪我せんかったのか」

「ん」

不意をつかれ、顎があがった。

「きのう、三人組に襲われたそうやな」

「南署か」

「ああ。一一〇番通報が入った。襲われたのは大柄で、頬に傷のある男……たまたま助手の相棒が当直中で、現場に駆けつけた。通報者と別の目撃者から話を聞いてぴんときたらしく、助手に連絡した」

「南署が動いているのか」

「まさか」長尾が手のひらをふる。「あんたは極上のクライアントやで」

白岩もニッとした。

手間が省けた。黒っぽいミニバンのナンバープレートは憶えている。それを教え、車の所有者と三人組の素性を調べてもらうつもりだった。

「勿体つけるな。三人組は何者や」

「ミナミのチンピラらしい。あんたも舐められたもんよ」

「やさしい顔をしとるさかいな。で、三人の上は」

「わからん。松井組とのかかわりを調べたが、はっきりせん。いつもアメリカ村あたりでゴロを巻いているそうな」

「…………」

白岩は小首をかしげた。

てっきり松井組とつながる連中だと思っていた。

「調べたろうか」

「なんぼや」

白岩は左手をポケットに突っ込んだ。

「カネはいらん。サービスや。勝手に動けば善意が仇になることもある。あんたにも思惑があるやろ。で、相談したまでよ」

「気を遣わせてすまんのう」

長尾が目元を弛めた。

すこしずつだが、長尾の感情が顔にでるようになった。

ポケットから手をだし、コーヒーを飲む。

「きのう、ＫＡ企画の辛島は誰と一緒やった」

「市役所の男や。北新地のクラブで顔を見たやろ」

西陽建設の吉本や辛島と遊んでいた男のことだろう。

あの夜以来、吉本には見切りをつけ、長尾には辛島の監視を依頼した。東京から来た加山建設の笹倉が松井組の稲川に会ったのがきっかけになった。

「素性は知れたか」

「ああ。都市計画局の馬場雄作。二年前、次長から局長に昇格した」

そっけなく言い、長尾がウェイターにコーヒーのおかわりを頼む。

白岩は煙草をくわえ、火をつけた。

安心感がひろがった。大阪府警本部の富永は長尾と一線を画しているようだ。長尾のもの言いと表情から、二人が情報を共有していないのはわかる。

長尾があたらしいコーヒーを飲んで視線を合わせた。

「舐めた野郎や。キタとミナミに女がおる。きのうはミナミのほうに泊まった」

「あとを尾けたんか」

長尾がこくりと頷く。

「あんたが宗右衛門町に来るもんと思うてたのやが、連絡もないさかい、助手を呼んだ。辛島は助手にまかせ、俺は馬場を尾行した」

「なんで」

「勘や。あんたが的にかける辛島と一週間に二度会い、どちらの日もクラブホステスのマンションに泊まった。それで、あんたのよろこぶ顔がうかんだ」

白岩は目を細めた。

頬の古傷が開きそうになった。

★

JR福島駅から南へ歩き、浄正橋《じょうしょうばし》の交差点を渡ってから右に曲がった。

日曜の昼下がり、路上に人はすくない。あたりはオフィスビルと高層マンションが林立している。ホテルの数も増えた。

稲川は白壁のマンションの前に立ち、ちらりと来た方向を見た。

この数日、人の視線が気になっている。尾行されているようにも感じる。が、それらしい人物を特定したわけではなかった。神経が摩耗しているわけでもない。東京の捌き屋の手の者か、花房組の白岩組長の身内か。自分を監視するとすれば、そのいずれかだろう。それなら尾行者を見つけて捕まえたところで口を割るとは思えない。

ひとりの男とカップルがこちらにむかってのんびり歩いていた。二十メートルは離れているか。面相もよくわからない。

エントランスに入り、メールボックスを見た。801のプレートは白紙だった。

操作盤の数字を押し、カメラのレンズに顔をむけた。

《あがってこい》

声のあと、自動扉が開いた。
アパートでDVDを見ているさなかに携帯電話が鳴った。一時間前のことだ。
《きのうの夜、花房組の白岩が三人組に襲われた》
松井がまくし立てるように言った。
「死んだのか」
《ぴんぴんしとる。おまえがやらせたのか》
「あほな」
《ほな、心あたりはあるか》
「ない。どこからの情報よ」
《南署や。けど、一係も四係も動いてない》
「それなら気にすることもないやろ」
投げやり口調で言い、通話を切った。
気が急いていた。松井と話しているうちにKA企画の辛島との電話でのやりとりがうかんだのだった。煙草をふかしてから辛島に電話をかけた。
「白岩が襲われたそうな。おまえの仕業か」

《もう耳に入ったんか》
まともな返答になっていない。
稲川は歯嚙みした。茶化すようなもの言いが神経にふれた。
「どこにおる」
《女の部屋や》
「住所を言え。これから行く」
《ちぇっ》
舌を打つ音がした。

八〇一号室のドアが開き、女が顔を覗かせた。
白のタンクトップに紺色のショートパンツ。三十代半ばか。栗色の髪を搔きあげ、
「どうぞ」と面倒そうに言った。
辛島はリビングのソファに寛いでいた。
稲川はコーナーソファの片方に座り、女に声をかけた。
「悪いけど、一時間ほど散歩してくれ」
女が目を剝いた。口がとがる。

「そうせえ」辛島が言う。「直に済む。済み次第、連絡する」

顎をしゃくり、女が隣室に消えた。

稲川は室内を見回した。

ソファもサイドボードも北欧風のしゃれたデザインで、カーテンや小物類にもカネをかけているように思える。

女があらわれ、ものも言わずに去った。

稲川は辛島を見据えた。

「カネのかかりそうな女やのう」

「ほんま、カネ食い虫や」笑って言う。「けど、それくらいの値打ちはある。ベッドの仕事はソープランドのプロなみや」

「訊いてへん」

邪険に返し、煙草を喫いつけた。

「おまえとは違う。俺は働き者や。贅沢しても罰はあたらん」

辛島は対等以上のもの言いをする。

元は西陽建設の社員である。父は京都の地金屋で、関西同和協会の幹部だった。それを武器に営業面で実績をあげ、大阪府や大阪市との腐れ縁を深めた。山藤に目をかけられ、企業舎弟としてＫＡ企画を創業したのは三十歳のときだった。またたく間に企業舎弟の中での稼ぎ頭となり、横柄な振る舞いが鼻につくようになった。山藤の威光と潤沢な資金のおかげで西陽建設の吉本常務や松井組長の口も封じている。

「贅沢できるのは誰のおかげや」

「けっ。二言目には……」

稲川は右手を伸ばした。

辛島のポロシャツを摑み、引き寄せる。頭突きを見舞った。

うめき、辛島が左手を口元にあてた。指の隙間から血が滴る。

「何さらす」

威勢のよさは変わらない。挑むような目つきになった。

「よけいなまねをさらしやがって」

「白岩か」吐き捨てるように言う。「あの野郎、めざわりや。俺と吉本のまわりを嗅ぎ回っているそうな。で、警告のために焼きを入れた」

「あほくさ。ぶちのめされたのは三人組や。連絡が入ってないんか」

「………」

辛島が口元をゆがめた。手に血がひろがる。

「二度と手をだすな。豊中の親分が迷惑する」

「白岩がなんぼのもんや。こっちには神俠会が……」

「じゃかましい」

怒声を張ってさえぎった。背をまるめ、顔を近づける。

「滅多なことは口にするな」

辛島が顎を引いた。

神戸の神俠会の代紋はお守りの札にもならない。

山藤はわが身と資産を護るために本家の身内を警察に売った。

そんなうわさがまことしやかに流れている。

山藤は自覚があるから、花房組ともめても神俠会を頼るとは思えない。

「松井の兄貴もあてにはならん」

だめを押すように言い、稲川はソファにもたれた。

辛島がティッシュをつまんだ。口元を拭う。

「ほな、どうする気や。白岩の好きにさせるんか」

「やつに付け入る隙を与えるなと言うてる。豊中の親分を的にかけているのは捌き屋の鶴谷。鶴谷の盟友やが、極道の白岩が交渉の矢面に立つことはない」

「それでも気に入らん」

「辛抱せえ。ことが落着したら、煮るなり焼くなり好きにさらせ」一服し、煙草を灰皿で消した。「今度よけいなまねをさらせば、俺がおまえを潰す」

「やれるんかい。俺は皆の米櫃《こめびつ》やぞ」

「大口を叩くな。命あってのことや。カネで命は買えん」

言い置き、稲川は席を蹴った。

腐った性根は直しようがない。とはいえ、辛島が山藤の金庫なのも事実である。


アパートに帰ってシャワーを浴びた。

ジャージに着替えてビールを飲んだ。リモコンを操作する。

闇夜に閃光が飛び交う。耳を劈《つんざ》く銃声。FRANCIS FORD COPPOLA監督の『地獄の黙示録』。何度観てもよくわからない。主演のMARLON BRANDOの存在感に惹かれて観ているようなものである。

きょうは渋い声も耳に入らなかった。日本語の字幕は追わない。

ソファに寝転び、煙草をふかした。

神経がざらざらしている。どいつもこいつも何様のつもりや。声が洩れた。

ほどなくして玄関のドアの開く音がした。

「ただいま」

あかるい声がして、朱美があらわれた。トートバッグとレジ袋を提げている。

「きょうはすき焼きや」

「またチップをもろたんか」

「あほな。周年記念よ」

「はあ」

「三年前のきょう、あんたがお店に来てん。辛気《しんき》臭《くさ》い顔をして」

「いまはどうや」

「変わらん。けど、それがあんたのええとこや」

朱美が満面に笑みをひろげた。

気分が晴れるおたふく顔だ。稲川は手を伸ばした。

「精をつけてからや」

朱美がくるりと背をむけ、キッチンへむかった。

起きあがり、ビールを飲んだ。ぬるくなっている。また寝転んだところに携帯電話が鳴った。画面を見る。東京の水沼だ。テレビの音を消した。

《変わりはないか》

　横柄なもの言いはいつ聞いてもうんざりする。人嫌いが激しくなりそうだ。山藤が水沼の政界人脈を利用していなければ電話を無視したいところだ。

「こっちが訊く台詞や」

　前回の電話から四日が経っている。

　――東和地所の代理人とぬかして、鶴谷という捌き屋が来た……どういうことはないが、念のために伝えておく。豊中に報告してくれ――

　そのあと、鶴谷の経歴を長々と喋った。鶴谷が大阪市此花区の出身で、花房組の白岩組長と幼馴染なのもそのとき知った。

　強気なもの言いの中に不安の気配を感じた。どう取り繕おうとも声には感情がにじむ。話しているうちに相手の心の様が透けて見えることもある。

《ちょっと気になることがある》

「何や」

《合志プランニングの横山と連絡が取れん》

「どういうことや」

《鶴谷がオフィスを訊ねてきた夜に横山と会った。去り際に鶴谷が横山の名前を口にしたのが気になってな。で、しばらくふけるよう横山に言ったのだが……》歯切れが悪くなった。《横山はあしたにでも実家へ行くと……まめに連絡するよう釘を刺したのだが、連絡が途絶えた》

「家と会社に訊いたか」

《もちろん。俺と会ったつぎの日、何事もなかったような顔で家を出たらしい。会社には体調不良で欠勤すると連絡があったそうだ》

「…………」

稲川は首をひねった。

横山の気性はわかっている。西陽建設の本社にいたころは何度も顔を合わせた。機転が利き、仕事はそつなくこなしていた。何よりも山藤を恐れていた。

そんな男が水沼のひと言で動き、あげく、姿を隠すものなのか。

水沼の独断も気になる。山藤に相談もなく横山に指示をだしたのか。

「なにか、端折ってないか」

《何を言う。万全を期して、先手を打ったんだ》

「なら、最後まで通さんかい」

息をのむ気配がした。

《頼みがある。西宮まで行って、横山の実家の様子を見てくれないか》

「自分で行け。俺はおまえの手下やない」

《………》

歯軋りが聞こえそうだ。

稲川は畳みかけた。

「東京はおまえにまかせてある。こっちに迷惑をかけるな」

言って、通話を切った。

どいつもこいつも。また声がでた。

「あんた」

声がして視線をふった。

卓上コンロを手に、朱美が立っていた。

「でかけるの」

「おる」

朱美が近づき、卓上コンロをテーブルに載せた。

「なんや、面倒そうやね」

「気にするな。病院に行ったか」

「まだ早いわ。空振りやったら恥ずかしいやんか」

「そのときは精を込めて、きっちり仕込んだる」

「あほ」

おたふくが恵比須になった。

★　　★

平河町の路上に人の列ができていた。このあたりはキッチンカーが目につく。共倒れにならないかと思うほどの数である。

鶴谷はアルファードのドアを開けた。

木村はいつもの席に座っていた。テーブルのタブレットの画面を見ている。

「水沼はどこや」

「合志プランニングのオフィスです。その前は加山建設の本社にいました。横山の行方を追っているのでしょうか」

「かもしれん」

鶴谷はそっけなく返した。

情報収集か、箍《たが》を締め直しているか。きのうの夕刻、水沼はオフィスから松井組舎弟の稲川に電話をかけている。

――合志プランニングの横山と連絡が取れん――

その後の水沼のもの言いからは焦りのようなものを感じた。

「すみません」木村が言う。「例のケータイの所有者を特定できていません」

「稲川や。きのうの夜に連絡があった」

木村がちいさく頷いた。

白岩からの情報と悟ったのだ。木村が白岩に携帯電話の番号を教え、使用者の特定を依頼したことは白岩に聞いた。

「東京の水沼、大阪の稲川……的が絞れてきましたね」

「…………」

鶴谷は無言で木村を見つめた。

木村の瞳はぶれなかった。

「どうされます。水沼を攻めますか」

「まだ早い」

「そうでしょうか。東原工機の國村と合志プランニングの横山はこちらの手の中にあります。二人の証言があれば……」

木村が声を切った。

行き過ぎた発言と気づいたか。

「人の心は些細なことでゆれる。俺に必要なのは他人の言質やない。事実や」

「そうでした」

木村が神妙な顔で答えた。

「きのうの稲川との電話で気になる点はあるか」

「はい」

声が元気になり、表情も戻った。

「水沼は西宮へ行くよう頼んでいましたが、稲川はどう返答したのでしょう」

「ことわったんやろ」

あのあとすぐ通話が切れたようで、「くそっ」と罵《ののし》る水沼の声がした。

「となると、水沼は動きますね。何としても横山の身柄を押さえたいはずです」

「…………」

そこが勝負処になる。

鶴谷は目で告げた。

「國村のほうはどうしますか」

「見張るだけでいい」

水沼のオフィスを訪ねたさい國村の名前を口にした。が、そのあと水沼は國村と接触しなかった。水沼の携帯電話の発着信履歴にも通話の記録がない。水沼は國村の土地購入にはかかわらなかったように思う。

木村が身を乗りだした。

「もう一度、関西に行かせてください」

「和歌山か。それなら行く必要がなくなった」

「何かわかったのですか」

「水沼は関西政界に人脈がない」

きっぱりと言った。

正確には関西政界との縁が切れた。東和地所の杉江専務の報告によればそうなる。

鶴谷が水沼の関西人脈の調査を依頼したのを受けて、杉江は東和地所関西支社が支援する衆議院大阪選挙区選出の民和党議員から話を聞いたという。

けさ、杉江から電話があった。

《ある事件をきっかけに、水沼さんは関西地区の政治家の秘書グループから仲間はずれにされたそうです》

きのうの電話での白岩の話を思いだした。

——府警が山藤逮捕を断念したあと、府警本部内に贈収賄事案の特別捜査班が編成された。山藤が府警幹部と取引をしたわけやが、山藤本人は贈収賄事案にかかわっていなかったと思われる——

山藤に情報を提供したやつがおるはずや。白岩はそう言い添えた。

疑念が声になる。

「府議と市議らが逮捕された贈収賄事件か」

《そうです》

「あれは水沼が情報を流したのか」

《事実はわかりません。が、関西の秘書らはそう思ったそうです》

杉江の報告が事実であれば、水沼はみずから大阪へむかうことになるだろう。闇でつながる稲川につれなくされたとすればなおさらである。

鶴谷は逸れていた視線を戻した。

「それに、おまえの身の安全を保障できん」

「そういうご心配は……」

「この先、何がおきるかわからん」

「何かあったのですか」

「白岩が襲われた。さいわい、無傷や」

「………」

木村がくちびるを嚙んだ。肩がふるえる。

必死に感情を制御しているのが手に取るようにわかった。


午後五時半を過ぎて菜衣の部屋を訪ねた。

その一刻、菜衣はリビングのソファに寛ぎ、お茶を飲んでいる。自分の店へ行く前に心を落ち着かせるのだという。

「どうしたの」

菜衣が目を細めた。化粧を済ませている。

「どうもせん」

さらりと言い、菜衣の正面に腰をおろした。

用があるわけではない。小一時間ほど前に木村と別れて帰宅した。夜は会食の予定がある。シャワーを浴びて身支度を整えている間に菜衣の顔を見たくなった。仕事が詰めの段階にさしかかると、精神が安定を求めたがる。

「お茶を淹れるね」

言って、菜衣が立ちあがった。

鶴谷はソファにもたれ、煙草を喫いつけた。

サイドテーブルの空気清浄機が作動する。

ほどなく菜衣が戻ってきた。

「大阪にはいつ行くの」

「今週のいつか」

「そう。たのしみ」

「ん」

「鯖の棒鮨よ」

苦笑が洩れた。すっかり忘れていた。

「あとで、本多の爺さんと店に行くかもしれん」

栄仁会の本多理事長に連れられて行った店で菜衣と知り合った。当時の菜衣は銀座の老舗クラブでホステスとして働いていた。

「約束したの」

「させられた。快気祝いをするそうや」

「あら」菜衣が目をまるくした。「ご病気だったの」

「腹の具合が悪いと自分の病院の特別室にいた。数日前のことや」

「康ちゃんの顔を見て元気になったのね」

「あほくさ」

鶴谷はお茶を飲んだ。まだ新茶の香りがする。

息をついたところにポケットのスマートフォンがふるえた。

《木村です。水沼が東海道新幹線に乗ります》

「ひとりか」

《はい。ボストンバッグを提げて》

「あとを追え」

《はい》声がはずんだ。《鶴谷さんは》

「あした行く。これから九時くらいまで電話がつながらんかもしれん。大阪に着いたら白岩と連絡を取り合え」

《承知しました。では》

通話が切れた。

スマートフォンをポケットに戻し、菜衣に話しかけた。

「聞いてのとおりや。片がついたら連絡する」

「待っています」

菜衣が強い口調で言った。

「頼みがある。あさって、宇野道子さんに花束を届けてくれないか」

「老人ホームに住んでいる方ね」

「ああ。誕生日なんや」

つぎの日に鶴谷の母が生まれた。

「わたしでいいの」

「くだらんことをぬかすな」

鶴谷はぞんざいに言った。

★

★

御堂筋に架かる歩道橋を渡り、ＪＲ大阪駅のコンコースに入った。

人でごった返していた。このあたりはＪＲと阪神電車、阪急電車を利用する人たちで終日賑わう。時刻は午後十時前。足早に歩く人がめだった。

白岩は中央改札方面に歩き、デパートの出入口の前で足を止めた。

前方に優信調査事務所の木村が立っている。

近づき、声をかけた。

「水沼はどこや」

木村が上を指さした。「十九階のバーにいます」

ホテルグランヴィア大阪の十九階ということだろう。

「十分ほど前にひとりが合流しました。それを見て、降りてきました」

「見張らんでええんか」

「連絡が入っているのでしょう」

木村が目で笑った。

バーで探偵の長尾を見かけたか。長尾はＫＡ企画の辛島を尾行している。辛島は九時にグランヴィア大阪の一階ロビーで人と会い、十九階に移動した。「相手の男は初顔や。これから中に入る」長尾はそう言い、通話を切った。

それから五分が経って、木村からショートメールが届いた。

――グランヴィア大阪、十九階のバー。ＫＡ企画の辛島と一緒です――

木村からはきょう四度目のショートメールだった。午後六時前に東海道新幹線の車中から、午後八時半には新大阪駅から連絡があり、三十分前には水沼がホテルグランヴィア大阪にチェックインしたとの報告を受けた。

「それにしても大阪のマル暴担は目つきが悪い。目が合い、身が竦《すく》みました」

「ほざいてろ」

白岩はホテルのロビーへむかい、右手のカフェレストランに入った。

喫煙エリアの席が空いていた。ラストオーダーは午後十時半だったか。

ウェートレスにコーヒーを頼み、煙草を喫いつけた。ふかし、話しかける。

「合流したのは何者や」

「西陽建設の吉本常務と思われます」

断定しないのは写真で顔を憶えているからだろう。

白岩は首をひねった。

木村が顔を近づける。

「あてがはずれましたか」

「まあな」

そっけなく返した。

図星である。松井組舎弟の稲川があらわれるものと思っていた。

「鶴谷はこんのか」

「連絡がないのですか」

「おまえが喋ると思うてるんやろ」

木村が頬を弛めた。

「東京駅から電話したとき、初めて白岩さんの名前を聞きました。鶴谷さんはあしたこっちに来るそうです」

「いよいよか」

「腕が鳴りますか」

「鳴らん。どうせ脇に置かれる。おまえもおなじやろ」

「ええ。あの人のやさしさだと思っても……なれるのに時間がかかりました」

「…………」

白岩は肩をすぼめた。

頭では理解していても感情をなだめるのに苦労する。だが、今回はこれまでとは状況が異なる。鶴谷にしてはめずらしく自分を頼っている。

木村が言葉をたした。

「これからどうされますか」

「鶴谷の指示は」

木村が首をふった。もどかしそうな顔になる。

「上のバーで三人が合流したことをメールで伝えたのですが、返信がありません」

「きょうは動くなということや」

頭の中とは別のことを口にした。

水沼が来阪したことで役者は揃った。いずれも山藤の息のかかる連中だ。しかも、稲川は山藤の子飼い、辛島は企業舎弟。松井組の存在もある。

鶴谷は木村の身を案じている。大阪に乗り込むまで、鶴谷は自分に木村の身柄を預けたか。そんなふうに思う。

そうだとしても、木村の守《も》りだけをするわけにはいかない。鶴谷が到着する前にやっておくことがある。鶴谷が大阪に来てからでは己の行動に制約がつく。

テーブルのスマートフォンが発光した。

木村が画面にふれる。メールか。すぐに顔をあげた。

「白岩さんの読みどおりです。自分には水沼の監視を続けろと。白岩さんに伝言が……あした会うまで誰とも接触するなとのことです」

「あ、そう」

そっけなく返し、腰をあげた。ポケットの携帯電話がふるえている。探偵の長尾からだ。ホテルのロビーに立った。四基のエレベーターが見える。

「動くのか」

《まだバーにおる。助手から連絡があった。五分前、市役所の馬場はひとりでキタの女のマンションに入った》

「女は店か」

《確認してない》

「おまえは女の顔を見たか」

《ああ。生意気そうな女や》

「すぐ降りてこい。下にいる」

《辛島はどうする》

「助手を移動させろ」

《人遣いが荒いのう》

聞きおわる前に携帯電話を畳んだ。

木村に用ができたと告げてロビーに戻った。

エレベーターが開き、長尾があらわれた。顔がほんのり赤かった。


北新地の路地のうどん屋に入った。七つのテーブル席に先客は男二人の一組。ひまな時間帯だ。日付が変わればホステスやホステス連れの客で賑わう。

おでんとビール、きつねうどんを注文した。

ビール瓶を持ち、長尾のグラスに注いでやる。

「馬場は女と何年つき合《お》うてる。山藤事案の前か後か」

「かさなっている。当時、女はちいさなクラブで働いていた。KA企画の辛島がよく通っていたそうや。山藤の事案が没になったあと、女はいまのクラブに移った。店の黒服によれば、馬場の飲み代はKA企画に請求しているそうな」

言って、長尾がおでんの大根を頬張った。顔をゆがめる。からしのつけ過ぎだ。ビールをあおるように飲んでから口をひらいた。

「毎月の五十万円が気になるのか」

白岩は頷いた。

女の源氏名は藍。本名は鈴木藍、四十三歳。三十歳で離婚し、水商売に転じた。けさ、花房組事務所にファクスで藍の個人情報と携帯電話の発着信履歴および藍の取引銀行の入出金明細書が届いた。ミナミの女の分も送られてきた。

藍の口座の入出金明細書は過去三年間のもので、毎月末日に五十万円の入金があった。振込人は山田一郎。素性は特定できていないと付記されていた。

それを見て、白岩は決断したのだった。

「どうする」長尾がぼそっと言う。「攫うのか」

「ああ。おまえに迷惑はかけん」

「あんたが顔をつき合わせりゃ、女がわめき散らすかもしれん」

「マンションの前で声をかける」

「それでもおなじよ。俺にまかせろ」

「五十歩百歩やと思うが」

「たしかに。けど、俺にはこれがある」

長尾がジャケットのポケットをさぐり、警察手帳をかざした。

「レプリカか」

「本物よ。辞める前に紛失届をだした」

何食わぬ顔で言い、うどんをすすった。汁が飛び散る。

「ＡＮＡクラウンプラザの脇に車を待機させてある。それに乗せろ」

ホテルグランヴィア大阪から北新地へむかう途中で坂本の携帯電話を鳴らした。

「で、おまえは任務完了や」

「お払い箱か」

「もう質に入れるものがない。が、もうすこしつき合え」

「地獄には連れて行くなよ」

「天国に行ける柄か」

長尾が面相を崩した。

隙だらけの顔になった。


堂島川を渡る風はひんやりとしている。まもなく午前零時半になる。

前方から長尾が近づいてきた。

白岩は目を凝らした。ホステスの藍か。見覚えがある。西陽建設の吉本のあとを追って北新地のクラブ『蜜』に入ったとき、馬場のとなりに座っていた。

長尾が後部座席のドアを開けた。

「乗れ」

言われ、藍が腰をかがめた。

「あっ」

藍が目を見開いた。

白岩は手を伸ばし、藍の腕を引いた。

長尾がドアを閉め、無言で背をむけた。肩をゆすりながら去って行く。

腕をつかんだまま藍に話しかけた。

「わいを憶えていたんか」

「…………」

口をひらいたが、声にならない。目を剝いたままだ。

「わいの素性も知っているようやな」

「…………」

「答えんかい。馬場に聞いたんやろ。わいの名は」

「白岩さん」か細い声で言う。

白岩は運転席の坂本に声をかけた。

「行け」

車が動きだすと、藍が身を捩《よじ》った。

「どこへ行くの」

「馬場に話がある。おまえのマンションに入ったのは確認済みや」

「うちは……関係ない」

「何の話や」

「…………」

藍がうなだれた。いまにも泣きそうな顔になった。


手をつないで、藍のマンションに入る。坂本は車に待機させた。

馬場はリビングのコーナーソファに寝転んでいた。紺地に白のピンストライプのパジャマ。テーブルにはフォアローゼズのボトルとミネラルウォーター、アイスペールにタンブラー。クリスタルの灰皿もある。

「あっ」

目が合うなり、馬場が声を発した。目の玉がこぼれ落ちそうだ。

白岩は部屋を見回した。高価そうな調度品がある。

「豪勢な暮らしやのう」

「何しに来た」

「訊く前に起きんかい。客に失礼や」

馬場が身体を起こした。

藍を空いているソファに座らせ、白岩はテーブルに腰をおろした。馬場にも藍にも手が届く距離だ。煙草を喫いつけ、馬場を見据えた。

「ここの家賃も辛島持ちか」

２ＤＫの賃料は共益費込みで十八万円。契約時の保証人は辛島である。

馬場がぶるぶると首をふる。

白岩は藍に目をむけた。

「どうよ」

「知らない」

藍がぞんざいに言った。

馬場に視線を戻し、ポケットから紙を取りだした。

「藍の口座の記録や」

「そんなものを……訴えてやる」

「好きにせえ。おまえの手がうしろに回るだけのことよ」

別の紙もひらつかせた。

「ミナミの女の分もある」藍に顔をむける。「知っていたか」

「どうでもいい。亭主やないし、うちの取り分が減るわけやない」

「立派なもんや」

煙草をふかし、灰皿につぶした。馬場に話しかける。

「毎月五十万円。振込人の山田一郎がＫＡ企画の辛島なんはわかっている」

鎌をかけた。駆け引きをする気はさらさらない。

「別途、毎年二回、二百万円と三百万円が振り込まれている。ミナミの女の口座には毎月三十万円。この三年だけでも総額四千万円を超える。何の見返りや」

「…………」

顔をゆがめ、馬場が視線を逸らした。

白岩は殴りつけた。拳が鼻を直撃する。

馬場がのけぞった。鼻から血が流れる。息遣いが荒くなった。

「答えんかい。何の報酬や」

「知らん」

白岩は灰皿をふりかざした。

「ま、待て」

両手を突きだし、馬場が身を縮めた。

「言えんのや。言えば殺される」

「言わんでも死ぬ。わいが脳天を叩き割る」

「冗談言わないでよ」

藍がわめいた。つかみかからんばかりの形相になった。

白岩は藍を睨みつけた。

「馬場を説得せえ。馬場が死ねばカネは入らん。馬場が警察に運ばれりゃ、おまえが貯め込んだカネは没収される。贈収賄罪の証拠物件や」

「……………」

藍の小鼻がふくらんだ。眦はつりあがった。ひと息つき、口をひらく。

「協力したら助けてくれるの」

「もちろんや。わいは人がええ。この顔に書いてあるやろ」

白岩はにやりとした。

黒っぽいスーツに濃紺のスリムタイ。デイパックを手に提げ、鶴谷が入ってきた。

目を合わせることもなく、無言でソファに座る。

白岩も口を結び、じっと見つめた。きょうは花房組の事務所で友を迎えた。

部屋住みの若衆がお茶を運んできた。

鶴谷が手を伸ばし、お茶を飲む。

「昼飯は」

「豪華な駅弁を食った」

白岩は表情を弛めた。

「何が聞きたい」

「水沼の動きは報告を受けた。西陽建設の吉本、ＫＡ企画の辛島と二時間ほど飲んだあと、ホテルの部屋にこもったそうや。きょうは朝から西宮へ行って横山の実家を訪ねた。五分とおらず大阪に戻り、ついさっき辛島と北浜の鰻屋に入った」

「二人か」

「十五分前の報告はそうやった」

抑揚のない声で言い、鶴谷が煙草をくわえた。

「きのう、ホテルから消えて、おまえはどこに行った」

「市役所の馬場に会《お》うた」

クラブホステスの藍のマンションに行くまでの経緯を簡潔に話した。

眉をひそめながらも、鶴谷は黙って聞いていた。

「手をだしたのか」

「軽く一発。女は殴られる前にべらべらと……カネが頼りの女よ」

探偵の長尾の協力で藍の口座の入出金明細書を入手したこと、それに山田一郎なる人物から定期的にカネが振り込まれていたことを教えた。

鶴谷が口をひらく。

「山田一郎が辛島と特定できたのか」

「できん。が、藍は辛島だと言い、馬場も認めた」

「証言にならん」

鶴谷がにべもなく言った。

承知している。鶴谷がほしいのは確たる事実である。それでも外堀は埋まる。山藤を孤立無援にする。そのために動いた。これからもそうする。

「ありがとうよ」鶴谷の目がやさしくなった。「もう動くな」

「山藤の首に鈴をつけるか」

「それが仕事よ。そのために来た。けど、手駒が足りん」

「東京の東原工機の國村と合志プランニングの横山。市役所の馬場もおちた。國村と横山の証言はいかにも弱い。蜥蜴《とかげ》の尻尾やさかいな。けど、馬場の証言は使える。贈収賄事案の背景があきらかになれば、神侠会が黙ってへん」

「それはこまる。山藤が消えていなくなれば俺のしのぎも消える」

「…………」

白岩は口を曲げ、腕を組んだ。

贈収賄事案の背景は両刃《もろは》の剣である。事実をあきらかにすると威しても山藤が開き直ればそれまでだ。警察がどう対応するかも予測できない。

お茶を飲み、紫煙を吐いて、鶴谷が顔をむけた。

「稲川を監視しているか」

「ああ。きょうは三人態勢や。探偵の長尾は水沼、助手が稲川、助手の同僚を辛島に張りつかせた。稲川は動かん。岩の如しや」

鶴谷が目で笑う。

「稲川を買っているのか」

「欲があるのか、ないのか。なければ厄介な存在になる」

「手をだすなよ」

一転し、鶴谷が声を強めた。眼光も増した。

「心配するな。おまえの邪魔になるようなまねはせん」

口をまるめて息をつき、鶴谷がソファにもたれた。

白岩は背をまるくした。

「教えろ。どこを攻める」

「水沼や。やつは西新宿のBの土地の売買に絡んでいる。売買に使うカネを管理していたのは合志プランニングの横山やが、やつは原資を知らん。これから会って確認するが、電話で俺に話したことにうそはないと思う」

聞いて、白岩はほっとした。

ほかの名前がでれば思案するところだった。

鶴谷がスマートフォンをテーブルに置いた。画面にふれ、姿勢を戻す。

《水沼だが》

声はくぐもって聞こえた。鶴谷がハンズフリーにしたのだ。

「鶴谷や。用件を言う。合志プランニングの横山さんがあんたに会いたいそうや」

《…………》

「返答は」

《どこにいる》

「質問は受けつけん。あしたの正午、場所は西宮にある横山さんの実家や」

《…………》

かすかに息遣いが届いた。

「いやなら来るな。五分待ってこなければ、横山さんを山藤に引き渡す。横山さんはすべてを話す覚悟をしている」

《待て。会う。同席者を教えろ》

「俺をふくめて三人。お互い、得になる話をしよう」

《何をつかんだ》

「あした、わかる。あんたが生きるか死ぬか……腹を括ってこい」

鶴谷が通話を切った。あたらしい煙草を喫いつけ、目を合わせる。

「と、言うわけや」

「おとなしく従うとは思えん。水沼は辛島と一緒なんやろ」

「別々でも、どうせ辛島の耳に入る」

白岩は腕組みを解いた。

「ええやろ。西宮の家のまわりを固める」

「いらん。昼間の住宅街や。騒動になればおまえも無傷では済まん」

「俺の動きを封じるために真っ昼間にしたのか」

「感謝せえ」

鶴谷がこともなげに言った。

白岩はあんぐりとした。返す言葉がうかばなかった。

「頼みがある」鶴谷が言う。「運転手付きの車を借りたい」

「お安い御用よ。うちの坂本でええか。それとも、探偵にするか」

「傭兵を吟味する時間はない」

「まったく。おまえは可愛げがないのう」

テーブルのスマートフォンが発光した。

鶴谷が画面にふれる。

《木村です》

ハンズフリーにしたままだ。

《水沼が辛島と別れました。タクシーに乗るようです》

「近くに目つきの悪い男はおるか」

《はい。お互い無視していますが……》

「水沼の尾行はそいつにまかせろ。おまえは北新地へむかえ。三十分後、ANAクラウンプラザの一階ロビーラウンジで会おう」

《承知しました》

鶴谷がスマートフォンを上着のポケットに収めた。

「そのあとおまえのマンションに行く。晩飯は一緒に食おう」

「あいにく、野暮用がある」

白岩は澄ました顔で言った。

鶴谷が眉をひそめた。さぐる目つきになる。

「新町の冨久鮓を予約した。康代ちゃんには連絡済みや」

「はあ」

「蕎麦屋の娘に蕎麦はないやろ。うまいものを腹いっぱい食わせろ」

鶴谷が苦笑した。

「康代をあてがって、俺の動きを封じるつもりか」

「あほくさ。友情よ。子を思う、まともな親にならんかい」

「ほんま、タヌキや。悪知恵のまわる極道は始末に悪い」

「おおきに」

白岩は手のひらで膝を打ち、腰をあげた。

座ったまま、鶴谷が口をひらく。

「おまえの稼業に口出しはせん。が、面倒をひろげるな」

意味はわかった。

神侠会と警察を意識しての進言なのだ。

鶴谷は自分の行動を予見している。そう確信した。


探偵の長尾が運転席から左側を指さした。

「あのマンションの八〇一号室や。鰻屋を出たあと、まっすぐここに来た」

「女も部屋におるんか」

「確認できてへん」

「働いてないんか」

「自称、インスタ・アドバイザー。どんな仕事か、わからん。助手によると、ネットではけっこう顔も名前も売れているそうな。スマホで検索してみい」

「スマホは持ってない」

「時代遅れの極道やのう。詐欺師にもなれんわ」

長尾があきれ顔で言い、セカンドバッグから写真を取りだした。

「あんたを襲った三人の面が割れた」

白岩は三枚の写真を手にした。どれも正面と横からの顔が写っている。

「傷害、恐喝、婦女暴行。ガキと女相手のちんけな罪状や。助手がこの内のひとりから話を聞いた。辛島に雇われたそうな。五万円で」

最後はからかい半分の口調だった。

「値がつくだけましや」白岩はさらりと返し、前方を指さした。「道端で缶コーヒーを飲んでいるのが助手か」

すこし離れた場所でずんぐりとした男がマンションのほうを見ている。

「ああ。やつは辛島を尾けていた」

「頼みがある」

「また小道具か」

「インターホンで手帳をかざしてくれ。ドアが開いたら消えろ」

言ってシートベルトをはずした。銀行の封筒を長尾の股に挟む。百万円ある。

手に持ち、長尾が目をまるくした。

「ええんか」

「カネでしか返せん。けりがついたら、みんなで遊べ」

長尾が拝むようにし、封筒をジャケットのポケットに収めた。

「あんたが出てくるまで見張る。邪魔者があらわれたら追い返したる」

松井組舎弟の稲川のことか。数日前に稲川がここを訪ねたとの報告は受けた。

頷き、白岩はそとに出た。

午後九時を過ぎた。頭上にまるい月。はずかしくなるほど輝いていた。


「なんや、われ」

辛島が目をひん剝き、あとじさる。

白岩はドアを引き開け、辛島を突き飛ばした。

「堅気が極道みたいな口をきいたらあかん」

辛島の首根っこを摑み、通路を奥へ進んだ。

リビングに女の姿はなかった。

「女はどこや」

「知らん。来たときはおらんかった」

「そうかい。座れ」

辛島がコーナーソファに腰をおろした。

「どあほ」

辛島の坊主頭を平手で叩く。乾いた音がした。引きずり、床に座らせる。

白岩はソファに座った。テーブルのミネラルウォーターを飲む。

「何のまねだ」

辛島の声がかすれた。目が泳いでいる。

おびえているのが手に取るようにわかった。

「わかりきったことを訊くな。五万円も散財させて悪かったのう」

辛島が目を白黒させる。

「なんで、わいを襲わせた」

「…………」

白岩は辛島の左手を取った。力を込める。

辛島が顔をゆがめた。

「話を変える。きのうかきょう、市役所の馬場から連絡はあったか」

「ない」

「馬場とはどういう仲や」

「仕事の……」声がふるえた。「つき合いだ」

鈍い音がし、辛島がうめき声を洩らした。小指が折れたか。

「馬場の女の口座にカネが振り込まれている。この三年間で四千万円を超える。別の女の口座にも。振込人は山田一郎……名前に憶えはあるか」

「知らん……うっ。やめろ。やめてくれ」

辛島の顔がひきつった。人差し指と中指も折れたか。額に汗がにじむ。

「面倒や」

手を放し、辛島の首を摑んだ。指先が皮膚に食い込む。

「いっそ首の骨を折ったる」

「堪えてくれ」

辛島が目でも訴えた。

「ほな、正直に答えろ。山田一郎は何者や」

「わたし……山田はわたしだ」

「何の見返りや」

「仕事で便宜を図ってもらった」

「この期に及んで……うっとうしいのう」

首を絞めつける。

辛島の顔が真っ赤に染まった。息ができないのだ。

「話す……正直に言うから助けてくれ」

白岩は手を放した。ミネラルウォーターを飲み、煙草を喫いつける。

辛島が無事な右手で首をさすった。

「なんて男だ」

ぼそっと言い、すぐに身を縮めた。

煙草をふかし、質問を続ける。

「おまえが山藤の企業舎弟で、山藤の金庫なのは先刻承知や。山藤が市役所の馬場と組んで悪さをしたのも馬場が教えてくれた。で、訊く。あのカネは口止め料か。それとも、馬場が市役所のライバルと政治家を警察に売った謝礼か」

辛島が目をまるくした。

「それは違う」

「それとはどっちよ」

「謝礼じゃない。わたしは贈収賄事件とは無関係だ」

「だとしても、山藤の指示でカネを振り込んだ。それは認めるか」

辛島が顔をそむけた。瞳が激しくゆれる。

白岩は拳を叩きつけた。

くちびるが割れ、血が飛び散る。辛島は動かない。顔も身体も地蔵になった。

「正直に答えろ。それで解放してやる。口もつぐんでやる」

「……………」

ほんとうか。辛島の目が訊いている。すがるまなざしにも見えた。

★　★

——けりはついた。詳しい話はあしたや——

白岩の声に安堵の気配を感じた。

それを受けて、鶴谷は合志プランニングの横山を夜の街に誘いだした。大事をあすに控えて北新地を歩くわけにはいかない。花房組の坂本の運転でJR大阪駅前のヒルトンプラザホテルにむかった。

二階の『B bar Umeda』の扉を開ける。

先客はテーブル席に二組五人、カウンター席に二組のカップル。鶴谷はシャンデリアに近いテーブル席に座った。横山を奥に座らせる。

鶴谷がウィスキーの水割り、横山はマティーニを頼んだ。

カクテルを飲みたくなる心中は察するまでもない。気分が落ち着いてきたのだ。

花房組の事務所を去ったあと白岩のマンションに行った。夕方まで横山と話をし、娘の康代と食事したあとも部屋に戻り、横山と酒を酌み交わした。花房組若頭の和田も坂本も気遣って席をはずしていた。

横山がカクテルグラスに口をつけるのを見て話しかけた。

「あしたですべておわらせる。もう隠していることはないか」

横山がちいさく頷いた。

「熟慮の末か、突発的だったのか」

「えっ」

「都内だけでも毎日七人の人が自殺している。動機も背景もさまざまや。他人が訳知り顔にどうこう言うことやない。が、あんたに関しては疑念を拭い切れん」

横山が顔を寄せた。

「どういうことですか」

「息子は大手IT企業の内定が取れたそうやな。娘は来年、大学受験や。あんたは自殺の影響を考えなかったのか」

「考えたさ」

横山の表情が陰った。

「あんたの預金は三百万円ほどやが、女房の口座には一千万円以上の残高がある」

「そんなことまで……」

横山が目をぱちくりさせた。

「ほかに有価証券……時価一千数百万円になる」

「なにがおっしゃりたいのですか」

「あんたの話を鵜呑みにすれば、使い込んだ会社のカネは一億三千万円。手持ちのカネを投げだせば一億円を割る。退職金を補塡にあて、自宅を担保に会社と話をするのも可能だと思うが、そういうことは考えなかったのか」

「考えた……が……」

声を切り、横山が何度も頭をふった。

鶴谷は横山を見据えた。

「合志プランニングの設立資金はどこからでた」

横山の喉仏が上下した。空唾をのんだか。

「合志プランニングの設立の目的……西新宿の土地売買にかかわるためだと言ったな」横山が頷くのを続ける。「Bの土地は購入者が自分のカネを動かさなかったことはわかっている。すべて合志プランニングが購入し、売却した。その原資はどこからでた。会社設立時には売買にかかるカネを用意していたはずや」

「合志プランニングは大阪の西陽建設の子会社です」

「確かに。西陽建設は合志プランニングの株の五十一パーセントを所有している。だが、西新宿の土地の売買には関与しなかった。なんでや」

「それは……西陽建設と関係の深いKA企画が……」

語尾を沈め、横山がうなだれた。

鶴谷は間を空けなかった。

「KA企画は解散した山藤組の企業舎弟で、いまも山藤の金庫といわれている。マネーロンダリングの元締や」

「…………」

「知っていたか」

十秒か、三十秒は経ったか。

横山が顔をあげた。

「水沼さんから聞きました。ＫＡ企画も合志プランニングも山藤さんのカネで設立したことを……わたしが会社のカネに手をつけたあとのことです」

「山藤を恐れ、自殺を決意したのか」

「ええ。山藤さんは情け容赦のない人です。西陽建設の社員だったころ、吉本常務の指示で山藤さんを担当していました」

「どんな男や」

「無茶苦茶な人です。そばにいるだけで冷や汗がでました」

「身に危険が及ぶのは水沼もおなじやろ」

「わたしもそう思った。しかし、水沼さんは大丈夫だと……自分は山藤さんと運命共同体だと言いました」

「…………」

鶴谷は視線をずらした。

いつもはぬくもりを感じるシャンデリアがつめたく感じられる。

「親が」横山が言う。「暴力団とかかわっていたことが知れたら息子たちは……」

「心配ない」

声を強めてさえぎり、鶴谷は横山の双眸《そうぼう》を見つめた。

「外部に洩れることはない」

「あなたが喋らなくても……」

こんどは手のひらでさえぎった。

「あんたの行動ひとつで、局面は打開できる。山藤には手をださせん」

「ほんとうですか」

横山が前のめりになった。

「私財を投げだす覚悟はあるか。家族のためにとは言わん。それが人の道や」

「わかりました。工面できるカネを持って、うちの社長に懇願します」

頷き、鶴谷はスマートフォンを耳にあてた。

《はい。杉江です》

あかるい声がした。

「夜分に済まない」

《とんでもない》

「一億円が必要になった」

《承知しました。明朝、振り込みます》

「土地売買の契約が完了したあとでいい。契約の準備をしておいてくれ」

《手筈を整えます》声がはずんだ。《いただいた電話で恐縮ですが、ありがとうございます。お礼が遅れて申し訳ない》

「何の話や」

《五十万円の入金を確認しました。わたしは依頼者なのに、おどろきました》

「水沼の情報か。礼をするのは当然や。捌き屋はカネでしか応えられん」

杉江の笑い声が届いた。

通話を切り、横山に話しかける。

「聞いてのとおりや。あんたの行動の、つぎの手は打った」

「ありがとうございます」

横山が声をふるわせ、テーブルに額をつけた。

「礼はいらん。慈善事業はせん。請けた依頼をやり遂げるためや。返済の不足分は補塡してやる。が、カネはあんたの生命保険で返してもらう。家族に迷惑がかからんよう、天寿をまっとうすることやな」

「………」

横山が顔をあげた。目には涙があふれていた。

★　　★

阪急梅田駅のコンコースは人でごった返していた。時刻は午前八時過ぎ。自動改札から出てきた通勤通学の男女が左右に散っていく。

何度も人とぶつかりそうになりながら、稲川は改札を通りぬけた。

電車が到着し、プラットホームも人であふれる。

足を速めて電車に乗った。宝塚行きの電車はがらがらだった。それでも人いきれを感じる。電車が走りだせば人のぬくもりも消えるだろう。

俺は何をしようとしているのか。ときどきそう思う。

けさは電話で目覚めた。横で寝ていた朱美に起こされ、携帯電話が鳴っていると教えられた。午前六時のことだった。

《辛島や。これからマニラへ行く》

辛島の声は硬く感じた。

「何があった」

《きのう、白岩に襲われた》
「痛めつけられたのか」
《ああ。けど、たいしたことはない。あれこれ問い詰められたが、かわした》
言い訳がましく聞こえた。
「豊中に報告したか」
《してない。で、頼みがある。白岩や捌き屋から身を隠すと伝えてくれ》
「自分で言わんかい」
《時間がないねん》
通話が切れた。

辛島は白岩に何を喋ったのか。

口ぶりと気性から判断して、辛島は山藤の怒りを買うのを恐れて逃亡するのだと察した。辛島は虎の威を借る狐だ。山藤のカネと力でおおきな顔をしてきた。その山藤に相談もなく海外へ飛ぶ理由はほかに思いつかなかった。

しばしの思案の末に山藤に電話をかけ、訪問したい旨を伝えたのだった。

ジャケットのポケットの携帯電話がふるえた。朱美からのショートメールだ。

――早とちりや。来たわ、生理が――

苦笑がこぼれた。返信を打つ。

――残念やのう――

――しゃあない。うちか、あんたか、まだ望んでへんのやろ――

稲川は首をかしげ、指を動かした。

――俺かな――

送信しかけて止め、携帯電話の電源を切った。

顔をあげ、窓のそとを見た。

いつのまにか電車は動きだし、新淀川に架かる鉄橋を渡っていた。

娘の瑞奈に案内され、居間に入った。

山藤は座椅子に胡座をかき、腕を組んでいた。

不機嫌そうに見える。もっとも、山藤の笑顔は滅多に見ることがない。

縁側の窓は開け放たれ、陽光が縁側と畳の一部に射している。そのせいなのか、山藤の窪んだ頬がちいさな洞《ほら》のようにも感じられた。

「朝っぱらから何の用や」

山藤がつっけんどんに言った。

「ご報告があって参りました」

稲川は丁寧に返し、山藤の正面に座した。くちびるを舐め、口をひらく。

「先ほど、辛島がマニラに飛びました」

「なんでや」

「きのう、花房組の白岩に襲われたそうです。本人は親分のことは喋らなかったと言いましたが、信用できません」

「腐れ外道が」吐き捨てるように言い、顔をゆがめる。「まあいい。事実を知る者が減るのは好都合や」

「それでも安心はできません。合志プランニングの横山はいまも行方がわからず、水沼は捌き屋に拉致されたのではないかと案じ、親分に会いたがっています」

「誰とも会わん。どこで誰が見ているか知れたもんやない」

「しかし、じっとしていて事態が好転するとは思えません」

山藤が目をぎょろつかせた。

稲川は臍《へそ》の下に力を込めた。怒鳴られるのを覚悟で来た。

「交渉を再開されてはどうですか」

「なんやて」山藤が眦をつりあげる。「われ、むこうの条件をのめと言うんか」

稲川は首をふった。

「交渉です。その過程で、こちらが不利と判断すれば……」

「どあほ」

怒声とともに、茶碗が飛んできた。

稲川は避けなかった。胸にあたり、服が濡れた。

「なんぼのカネを注ぎ込んだと思うてるんや。四十億円では元も取れんわ」

思わず頷きかけた。

四十億円は言い過ぎだ。が、地場の政治家、大阪府や大阪市の幹部職員、大阪府警の官僚らにカネをばら撒いたのは事実である。カネで罪を買った。警察官僚が国政選挙に打ってでるさいはあらゆる援助を惜しまなかった。当時は平川衆議院議員の秘書だった水沼が根回しをし、ＫＡ企画の辛島がカネを配った。

「このままではこちら側にいる者らが手のひらを返すかもしれません」

「そんなまねはさせん。政治家や役人の食い逃げは許さん。警察もおなじや」

「どうされるおつもりですか」

「政治家と役所は俺が威しをかける。おまえは捌き屋を何とかせえ」

「捌き屋のそばには花房組の白岩がいます」

「びびっているのか」

「そうではありません。が、ことを荒立てれば、親分が威し、透かしても、警察は動かざるをえなくなる。真相があかるみにでるようなことだけは……」

「うるさい」

山藤が語気鋭くさえぎった。座卓に左肘をあて、身を乗りだした。

「われ、それでも極道か」

「………」

稲川は口を結んだ。

極道として、親に談判している。鶴谷や白岩に臆することはない。命じられなくても、やるときはやる。鶴谷や白岩に銃口をむけることもいとわない。が、不利な状況下で自分が動けば、山藤はさらなる窮地に陥るだろう。

「松井と相談せえ。めどが立つまで面を見せるな」

言って、山藤が座椅子にもたれた。腕を組み、目をつむる。

稲川は奥歯を嚙んだ。

こういう展開になるのは予測していた。山藤の気性は熟知しているつもりである。

だが、山藤とかかわってきた者たちはどう動くか。推察するまでもない。手のひらを返さなくても、そっぽをむき、距離を置く。そんな連中を何人も見てきた。

稲川は頭を垂れ、席を離れた。

「くそ。役立たずが」

山藤の罵る声は廊下で聞いた。


電車に運ばれ、梅田に戻った。

何をするのも億劫だった。動けば蟻地獄に嵌まるような気がする。

それもしゃあない。極道なんや。

頭のどこかで声がした。

阪急梅田駅の改札を出て、新梅田食堂街を歩く。藍染の暖簾を潜り、立ち食いの串カツ屋に入った。ソースの匂いに誘われた。冷酒を飲み、串カツをソースの壺につける。嚙んで、酒であおる。味はわからなかった。二本食べて通路に出た。

横断歩道を渡り、ＪＲ大阪駅のコンコースを歩いた。行くあてはない。電源を切ったことを思いだし、携帯電話を手にした。ショートメールが届いていた。

――連絡をくれ――

水沼からだ。コンコースの端に移り、携帯電話を耳にあてた。

「何の用や」

邪険に言った。山藤のことが頭になければ無視していた。

《どこを捜しても横山が見つからん。辛島とも連絡が取れなくなった》

「やつはふけた」

《ほんとうか》声がうわずった。

「ああ。あんたも逃げたらどうや」

本音がこぼれでた。どいつもこいつもうっとうしい。

《逃げて済むわけじゃないだろう。これから会えるか》

「あいにく用がある」

にべもなく言い、通話を切った。

憤懣が爆発しそうだ。

引き返し、横断歩道を渡ったところで手を挙げた。

松井は事務所の応接室のソファでゴルフクラブの手入れをしていた。

舌が鳴りそうだ。堪えてソファに座り、話しかける。

「兄貴、相談がおます」

「何やねん」松井が視線を合わさずに言う。「ややこしい話はするなよ。これから練習に行く。あした、本家主催のゴルフコンペや」

「顔をあげてくれませんか。先代がピンチですねん」

「どういうことや」

気のない声で言い、松井が目を合わせた。

「東京の合志プランニングの横山が行方不明なのは知っていますか」

「西陽建設の吉本に聞いた。その件で秘書崩れの水沼がこっちに来ていると。臆病風を吹かせたんやろ。どいつもこいつもあわてふためいて、骨のないやつらよ」

「辛島もふけた」

雑なもの言いになった。

「ん」松井が眉根を寄せた。「いつのことや」

「けさ。六時ごろ、電話があった。きのう、花房組の白岩に襲われたと……あれこれ喋らされ、先代を恐れて逃げたんやと思う」

「カスが」

吐き捨てるように言い、松井が首をまわした。思案顔になる。

稲川は眉をひそめた。

いやな予感がする。松井は算段を始めたのだ。松井が頼りにならないことはわかっている。それでも山藤の言葉がある。

「先代は、兄貴と相談して対処するよう言われた」

「対処……なにをするねん」

「捌き屋の鶴谷と白岩をなんとかしろと」

「あほな。先代も焼きが回ったか。極道の意地の張り合いならいざ知らず、そんなことで警察を敵にまわすわけにはいかん」

「そんなこととはどういう意味や」

稲川は食ってかかった。

「口が過ぎるぞ」

松井が目でも凄む。右手はゴルフクラブを握りしめた。

稲川はひるまない。

「東京が面倒になりそうやと、俺を呼びつけたのは兄貴やで。鶴谷と白岩を殺ってくれるんかと言うたのを忘れたんかい」

「あれは吉本に頼まれたからや。われも都合のええことだけ憶えくさって。俺は言うたはずや。先代は欲をかきすぎるとな」

「憶えとる。けど、俺も兄貴も先代には恩義がある」

「あほくさ。われは知らんのか。三度の飯よりもカネが好きな先代には上納金を渡している。本家への上納金とおなじ額や」

「…………」

初めて聞いた。

神俠会の直系組長は毎月百五十万円、幹部は二百万円から三百万円を上納する。幹部待遇の松井は二百万円のほか、盆暮れにも数百万円を納めているだろう。

「わかったら帰れ。先代の強欲につき合う気はさらさらないわ」

松井が嘲るように言った。

頭にのぼった血が沸騰しかけている。背を低くし、顔を近づけた。

「それで、極道の筋が通るんか。この組そっくり、先代から譲り受けたやないか」

「われもわからんやつやのう。これまで誠意を尽くして、先代の面倒は見てきた。理不尽なわがままも受け入れた。けど、もう限界や。俺には立場がある。本家からもきつく釘を刺されているんや」

「どういうことよ」

「とぼけるな」

松井が口角泡を飛ばした。

稲川は口を結ぶしかなかった。

山藤はわが身を護るために、神俠会の直系組長が絡む贈収賄事案の情報を警察に売った。神俠会本家が山藤に事実確認を行なおうとしたが、山藤は現役引退と病気療養中であることを理由にそれをことわったという。

贈収賄事案の捜査が本家に及ぶのを恐れたか、本家は深入りしなかった。

「ちょうどええ機会や。きょうをかぎりに、先代とは縁を切る。あしたのコンペのあとの宴会で本家執行部の皆さんに報告する」

「本気か」

「ああ。皆さん、よろこんでくれる。俺の出世の道も開けるというものよ」

「それで極道の筋が通るんか」

「なんとでもほざけ。われは破門や。金輪際、うちの敷居を跨ぐな」

「上等や」

稲川は席を蹴った。松井が持つゴルフクラブを指さした。

「破門ついでに、それで俺を殴らんかい」

「なんやて」

声がふるえた。顔が紅潮する。

が、松井は動かなかった。

★　★

乾いた風が紫煙をさらう。ホテルの一階ラウンジのテラスにいる。

鶴谷はコーヒーを飲んでから木村に話しかけた。

「東京の國村の様子はどうや」

「毎日出勤し、午後七時ごろに帰宅しています」

優信調査事務所の調査員が終日監視しているという。

「誰とも接触してないのか」

「社内はわかりませんが、そとで國村のまわりをうろつく人物も見あたりません」

鶴谷は頷いた。

西新宿の土地の件で國村が接触したのは合志プランニングの横山とコンサルタントの水沼だけなのだろう。その二人はいま大阪にいる。

「世田谷の老人ホームも監視しています」

「気になることでもあるのか」

「念のためです。宇野さんはあなたの友人でしょう」

木村が目元を弛めた。

鶴谷はそっぽをむいて煙草をふかした。空気が軽く感じると煙草は美味い。

「けさ、ＫＡ企画の辛島が海外に逃亡したらしい」

「えっ」

木村が目を見開いた。

「白岩から連絡があった。探偵がやつを監視していた」

「身柄を押さえなかったのですか」

「大勢の人の前でか」

木村が首をひねった。何かを思いついたように口をひらく。

「逃亡するようなことがおきたのですね」

「きのう、白岩が教育的指導をしたそうな」

木村が相好を崩した。

きょうの木村は表情が豊かだ。右の人差し指を目尻にあてる。

「さぞ、こわかったでしょうね」

「おまえも無闇に近づくな」

「肝に銘じておきます」

木村が真顔をつくって答えた。

鶴谷はふかした煙草を消し、腕の時計を見た。午前九時半を過ぎている。

「これからの段取りを聞かせてください」

木村の声に視線を戻した。

「横山の実家で水沼と会う」

「横山を連れて行くのですか」

「ああ。二人をならべて言質を取る」

「大丈夫ですか」木村が眉を曇らせた。「実家を囲まれるかもしれません」

「誰に。辛島は逃げた。それに、松井組は動かんやろ」

「なぜですか」

「組長の松井は山藤を煙たがっている。白岩がマル暴担から聞いた話によると、松井は神俠会本家の執行部入りを画策しているそうな。例の贈収賄事案で、本家執行部は山藤に不信感を抱いている。手をださんのは山藤が引退したからや」

「そんなものですかね」

納得のいかないようなもの言いだった。

極道の筋目とやらを気にしたのか。

鶴谷は無視した。

極道にかぎったことではない。人としての筋目である。そんな話をすれば心が冷えする。信義や筋目という言葉はもはや死語になった。

「唯一気がかりなのは稲川……が、やつも動かんと思う」

「理由を教えてください」

「勘や。松井らとは気質が違うような気がする。その読みがあたっていれば、稲川は動きたくても動けん。山藤に累が及ぶようなまねはせんやろ」

「…………」

木村の目が据わった。

鶴谷の勘がはずれた場合を想定し、対応策を練りだしたか。

「花房組の坂本を同行させる。そとはおまえと坂本にまかせる」

言って、鶴谷は伝票を手にした。

十分も歩けば白岩のマンションに着く。

名神高速道路を降り、西宮の市街地に入った。

鶴谷は後部座席のとなりにいる横山に話しかけた。

「気分はどうや。腹は据わったか」

「ええ」横山がはにかむ。「けさ、子どもの声を聞きました」

鶴谷も表情を弛めた。

きのう、『B bar Umeda』からの帰り道、自宅に電話するよう進言した。

「心配してくれていて、泣きそうになりました」

「………」

幾つかの言葉がうかんだ。どれも的はずれのようで声にならなかった。

何かの拍子に記憶の蓋が開き、家族がいたことを思いだす。だが、それが映像になることも、家族との会話がよみがえってくることもない。

助手席の木村がふりむいた。

「もうすぐ着きます。家に入る前にやることはありますか」

「ない」

鶴谷はそっけなく返した。

《水沼があらわれました。ひとりです。引き続き、周辺を監視します》

「頼む」

鶴谷は通話を切り、横山を見た。

応接室のソファにならんでいる。

横山が頷いた。落ち着かないようだが、目はゆれていなかった。

インターホンのチャイムが鳴った。

鶴谷は玄関へむかい、無言で水沼を招き入れた。

「横山」水沼が声を張った。「心配したぞ」

「どうも」

横山が小声で言う。

水沼が横山の正面に座った。

なおも話しかけようとするのを、鶴谷は手で制した。

「茶番はやめろ。時間のむだや」

「何を言う」

水沼が目くじらを立てた。

鶴谷は水沼を睨みつけた。

「お互い、得になる話をする。そう言うたはずや。で、訊く。あんたは西新宿の土地Bの売買に絡んだ……いや、仕切った。間違いないか」

「………」

水沼が首をひねった。さぐるような目つきになる。

「関係者の証言は得た。代々の所有者は購入資金を調達しなかった。カネを用意したのは合志プランニング」鶴谷は顔を横にむけた。「横山さん、そうだな」

「間違いありません」

横山がきっぱりと答えた。

鶴谷は視線を戻した。

「つまり、歴代の所有者は名義を貸した。それを依頼したのがあんたや」

「それが事実だとして、何の問題がある。契約に違法性はない」

「おっしゃるとおりよ。問題は原資や。合志プランニングはどこの誰から土地購入の資金を調達したか」

「会社のカネに決っている」

「往生際が悪いのう」

ぞんざいに言い、鶴谷は煙草を喫いつけた。ふかし、言葉をたした。

「もう観念せえ。東原工機の國村さんは売買契約を結ぶ意思を示した」

「でたらめだ」

水沼が声を荒らげた。顔が赤くなる。

「ほえるな。うそと思うなら本人に確認せえ」

「本人の意思は関係ない。おまえも言ったじゃないか。名義貸しだと」

「確かに。が、國村さんが西新宿の土地Bの地主なのは事実や。土地売買の契約を結ぶことに何の支障もない」

「冗談言うな」水沼が唾を飛ばした。「國村にそんな権限はない」

「誰に権限がある」

「…………」

水沼が低くうめき、口をゆがめた。

鶴谷は横山を見た。

顔が青ざめている。覚悟を決めても恐怖心が湧くのだろう。

「横山さん。何の心配もいらない」やさしく言った。「もう一度、話してください。土地売買のカネはどこからでたのですか」

「大阪の山藤という人です」

「元山藤組の組長ですか」

「はい。あとでわかったことですが、合志プランニングの設立資金も山藤さんが用意したそうです。わたしは水沼さんから聞きました」

「きさまっ」

水沼が腰をうかした。

同時に、鶴谷は右手を伸ばした。

拳が水沼の顎を捉えた。のけ反るように、水沼がソファに倒れる。

鶴谷は間を空けずに話しかけた。

「横山さんは株で失敗し、合志プランニングのカネ……つまりは山藤のカネに手をつけたことも正直に話した。あんたにそそのかされて株に手をだし、あげく、あんたに威され、横山さんは自殺しようとした」

「死ねばよかったんだ」

水沼がつぶやいた。

拳が固まる。が、堪えた。殴ったところで虚しくなるだけである。

「ところで、あんたは関西政界から村八分にされたそうやな」

「…………」

　水沼の目が鈍く光った。

「大阪府議と大阪市議、市役所の役人、それに、神俠会の直系組長。あんたは、贈収賄事案で連中を警察に売った」

「何を言う。そんな話は知らん」

「ほう」鶴谷はにやりとした。「KA企画の辛島さんと市役所の馬場局長はそう証言したが、事実やないと……そういうことか」

「あたりまえだ」

「辛島さんや馬場さんと面識があるのは認めるか」

「認める。わたしはコンサルタント。企業や組織のアドバイザーだ。西陽建設とコンサルタント契約をしている関係で、二人と縁ができた」

　水沼がすらすら答えた。

　鶴谷は胸ポケットからUSBメモリーを取りだした。

「二人の証言を録音した。聞くか」

「聞かん。どうせ威しておまえの都合のいいように喋らせたのだろう」

「これを府警本部と神俠会本家に届けてもええのやな」

「ふん」水沼が鼻を鳴らした。「そんなものは証拠にならん。誰が信用する」

「たいしたタマや。うそで塗り固める総理や財務大臣も真っ青やで」

鶴谷はUSBメモリーをポケットに戻した。

国会は森友学園問題で紛糾している。一年間は財務省が改竄《かいざん》した偽造文書を基に開き直り、文書改竄があきらかになると、その責任を財務省の役人に負わせた。

性根の腐った連中のやることは皆おなじである。人とは思えない。

「もういいだろう」

水沼が勝ち誇ったような顔で言った。

「何がええのや」

「おまえの威しなど通用せん。横山くん、わたしと東京に帰ろう」

鶴谷は横をむいた。

横山がうなだれている。

手のひらを横山の肩にのせ、口をひらく。

「辛島さん。聞いていたか」

隣室のドアが開いた。

白岩に腕を取られ、KA企画の辛島があらわれた。

鼻はフェースガードに隠れ、くちびるは赤紫色に腫れている。左手には包帯が巻いてある。中指と小指を骨折したと聞いた。

「辛島」

水沼の声が裏返った。目の玉がこぼれ落ちそうだ。

白岩にうながされ、辛島が横山のとなりに腰をおろした。

「おまえ」水沼が言う。「海外に逃げたんじゃなかったのか」

「…………」

辛島は口を閉じたままだ。

鶴谷は水沼に話しかけた。

「それを誰に聞いた」

「誰でもいいだろう。おまえには関係ない。それよりも」水沼が辛島を指さした。

「こんな酷い顔にされて……訴えてやる」

「好きにさらせ」

鶴谷は声音を変えた。これからが本番である。

きのう、辛島の証言を得た白岩は辛島を西宮に運んだ。夜を徹して話をし、贈収賄事案の背景を知ったという。その報告はきょうの早朝に受けた。

「辛島さん。水沼を恐れることはない。山藤もおなじや。俺の命を賭けて約束する。そのうえで、訊く。市役所の馬場さんによれば、すべては山藤の保身から始まったそうや。山藤は罪を逃れるために府警幹部と取引をした。取引の材料は政治家と役人、それに暴力団が絡む贈収賄事案……馬場さんの証言に誤りはあるか」

「ない」

辛島が強く頭をふった。

己を鼓舞する仕種のようにも見えた。

「あの日……山藤さんが大阪府警の官僚たちと会った日、わたしと馬場さんは面談予定のホテルに同行した。別の部屋を取り、四人で意思の確認をし、口裏を合わせるため細部に至るまで話を詰めた。贈収賄事案の情報源は馬場さんと水沼さん……馬場さんは市役所と暴力団の関係を、水沼さんは収賄側の話をした」

「でたらめを言うな」

咆哮し、水沼が身をのりだした。

が、動けなかった。水沼の背後にいる白岩が羽交い締めにしたのだ。

鶴谷は辛島に声をかけた。

「続けてください」

「四人でのすり合わせをおえたあと、山藤さんと水沼さんは面談のために部屋を移った。面談は四時間ほどにもおよび、山藤さんは上機嫌で戻ってきた」

「そのあと、山藤の事案は没になった」

「そうです。贈収賄事案の捜査がそれから半年後に始まったのは山藤さんの事案との関連性を薄めるためでした」

「山藤の引退と山藤組の解散は取引の条件に入っていましたか」

「いいえ。あれは山藤さんの意思でした。推測ですが、おなじ組織の者を警察に売ったのがばれたときのために、堅気になって予防線を張ったのだと思います」

「そのことを誰の前でも証言できますか」

「もちろん。もうこりごりだ」

言って、辛島が右手をフェースガードにあてた。

鶴谷は頷き、水沼に視線をむけた。

「というわけや」

「…………」

水沼が眉尻をさげた。瞳がゆれている。

「どうする。この期に及んでも、うそを吐《つ》き通すか」

「…………」

「だんまりでもかまへん。命を捨てる覚悟があればな」

「どうする気だ」

弱々しい声になった。

「知れたことよ。府警本部と神俠会にUSBメモリーを送りつける」

しばしの間が空いた。

「教えてくれ。どうすればいい」

水沼が懇願のまなざしで言った。

鶴谷は顔をそむけた。

反吐《へど》がでそうだ。

まだ我慢は利く。水沼を味方につけ、山藤を袋小路に追い詰める。


一時間後、鶴谷は木村の携帯電話を鳴らした。

水沼はよく喋った。途中からは身振り手振りを交え、講演するかのようだった。保身の術は秘書時代に身につけたのか。あきれ返るほど能弁だったが、鶴谷は水沼の胸中を斟酌《しんしゃく》しなかった。そうする値打ちもない男である。

——わたしを神俠会に売らないと約束してくれ——

それを条件に喋りだしたのだった。

水沼は合志プランニングの横山とKA企画の辛島の証言を認めた。

——すべては山藤が画策したことで、わたしは従うしかなかった——

山藤を呼び捨てにしたのが印象に残った。

都合が悪くなれば、上司に唾をかけ、部下を塵のように捨てる。

そういう風潮が世の中に蔓延している。永田町がその最たるものだ。

木村があらわれた。

やきもきしていたのか、木村の顔は強張っているように見えた。無言で白岩のとなりに立ち、目をぱちくりさせた。辛島がいることにおどろいたか。

鶴谷は木村に話しかけた。

「横山さんを無事に東京まで運べ」

「承知しました」

白岩にも声をかける。

「ここで辛島さんと水沼さんの守りをしてくれ。数時間のことや」

「まかさんかい」

白岩があっさり答えた。

木村が口をひらく。

「鶴谷さんは」

「最後にやることがある」

「豊中へ行くのですか」

「ああ。勝負は決した。その報告に行く」

「無茶です。山藤がそれを認めるとは思えません」

「どうでもいい。俺は筋を通す。捌き屋としてやない。ここにおる人や東京の國村さん、市役所の馬場さんもふくめて、皆の協力に対する礼儀や」

「しかし……」

なおも食いさがる木村を、白岩が手のひらで制した。

「好きにさせてやれ」

「危険です。山藤には忠犬がついています」

「承知よ」

こともなげに言い、白岩が目をむける。

「行ってこい。坂本の運転でな」

頷き、鶴谷は腰をあげた。

水沼が不安そうな目をした。辛島はうつむいていた。

「さあ」

鶴谷は横山の腕を取った。

「東京で会おう」

言って、ひと足先に部屋を出た。


メルセデスの助手席に乗った。

陽射しが強い。遮光シェードをおろし、運転席の坂本に声をかけた。

「世話になった」

「とんでもないです。これからどちらへ」

「豊中に行ってくれ」

鶴谷は紙を手渡した。山藤の家の住所と地図が記してある。

「ひとりで行かれるのですか」

「おまえがおる」

にやりとすると、坂本も顔をほころばせた。

たとえ無理難題でも、任務を与えられたことを誇りに思う男もいる。

名神高速道路を走りだしたところで、鶴谷はスマートフォンを手にし、ブルートゥースのイヤホンを耳に挿した。

《はい。杉江です》

待ちかねたような、弾けるような声がした。

「西新宿の土地の所有者二名と合意に達した」

《ありがとうございます。お疲れ様でした。契約の日取りは決まりましたか》

「あさってを予定している。が、変更も頭に入れておいてくれ」

「承知しました。それでしたら、帝都電鉄にはまだ報せないほうがいいですね」

「その判断はまかせる」

あさって、土地売買の契約を行なう。

それは決定事項だ。が、捌き屋の仕事は依頼者の笑顔を見て完了する。それまで依頼者を安心させるような言質は与えない。

《鶴谷さんはいまどちらに》

「大阪や。あす、帰る」

《お会いできるのをたのしみにしています》

イヤホンをはずした。
視線をふり、窓のそとを見た。
街がきらめいている。いやな景色だ。鶴谷は頬をさすった。
ほどなくスマートフォンが鳴った。白岩からだ。
「どうした」
《稲川はアパートから出てこん。動けば連絡する》
返事をする前に通話が切れた。

車が徐行を始めた。

住宅街の左前方に黒塀が見える。

坂本が指さした。

「あの家ですね」

「おまえは車に残れ」

「それでは警護になりません」

「逆や。なにかあれば、おまえの命、俺が護る」

「………」

何か言いかけたあと、坂本が頷いた。

車が黒塀沿いの路肩に停まった。

「山藤は家にいるでしょうか」坂本が訊く。

「いなければ、帰ってくるまで待つ」

言い置き、車を出た。門扉の前に立ち、インターホンを押す。

《どちらさまでしょうか》

女の声がした。

「東京の鶴谷と申します。山藤さんにお目にかかりたい」

《お待ちください》

一分ほどが過ぎ、玄関のドアが開いた。

細身の女が出てきて、門扉に手をかけた。

「どうぞ。ご案内します」

透き通った声で言い、女がきびすを返した。

絣の甚平を着て、山藤は床の間を背に座っていた。

想像よりも小柄で、飄然《ひょうぜん》とした雰囲気がある。が、老いても極道の気配は消せないのか、細い目には威圧するような光が宿っていた。

名乗り、鶴谷は正面に座した。

庭に水を打ってあるのか、ひんやりとした風が頬にふれた。

「何しに来た」

山藤が独り言のように言った。

「ご報告です」

丁寧に答えた。ことを構えるつもりはない。ひと息ついて続ける。

「西新宿にある二つの土地の所有者と売買契約を結ぶことになりました」

「何をほざく。あれは俺の土地や」

「実質上はそうでも、法的には何ら問題はない。登記簿に載る土地の所有者の意思で売買契約は成立する」

「二人を連れてこい」

「ことわる。二人の意思に反することはできない」

鶴谷はきっぱりと言い、二個のＵＳＢメモリーを座卓に置いた。

「本人たちの意思や」口調を変えた。「ひとつには東原工機の國村さんおよびＫＡ企画の辛島さんの証言と土地売買に関する意思表示、もうひとつには企業コンサルタントの水沼さんの証言を録音してある。水沼さんの証言内容は想像つくと思うが」

「威して吐かせたか」

「何でもやる。水沼さんは誰の前でも証言すると約束した」

「くだらん男や」

山藤が顔をゆがめた。

「いま聞くか」

「そんなものに用はない。証拠にもならん」

「それでも、マスコミは飛びつく。連中が騒ぎ立てれば警察は動かざるをえない。あなたが陰で支える政治家は窮地に立たされる。あなたは後ろ盾を失くし、警察の追及を受ける。運よく逃れたとしても、神戸の神俠会がいる。やつらには面子《メンツ》がある。代紋を汚さないためにどうするか。言うまでもないと思うが」

「…………」

山藤が腕を組み、目をつむった。

「報告は以上や」

「待て」

声を張り、山藤が目を開けた。

「こんなまねをさらして、ただで済むと思うか」

「あなたがどうしようと勝手や。俺は受けて立つ」

「そうかい」

山藤の眼光が増した。

鶴谷は両手を座卓についた。長居は無用だ。

「契約の場に同席するか」

「せん」

「それなら弁護士をよこせ。その場で四十億円を手渡す」

山藤の目を見つめながら、鶴谷はゆっくり立ちあがった。


翌日の昼前、鶴谷は花房組事務所を訪ねた。

応接室には百合の香りが漂っていた。玄関にも鼻がむず痒くなるほどの百合の花が活けてあった。百合はわいの代名詞。白岩の口癖である。服も花も赤と白を好む白岩は初夏を迎えると事務所のあちこちに百合の花を配する。

ジーンズを穿いた若い女がサイドテーブルの陶器に花を挿している。

白岩が締まりのない顔でそれを見ていた。

「好子さんは」

「東京や」

言って、白岩が顔をむけた。

「先代のお伴か」

それしかうかばなかった。白岩はその役目を好子に託したのだろう。

「悪かったな」

「気にするな。先代も姐も好子を溺愛しとる」

鶴谷は白岩の前に座った。

「おわりました」女が言う。「これで失礼します」

鶴谷にも頭をさげ、まるめた新聞紙をかかえて立ち去った。

若衆がお茶を運んできたあと、白岩が口をひらいた。

「きのうは何をしていた」

「ホテルで寝た」

その前に娘の康代と会ったことは省いた。けさ、康代と一緒に義父の墓参をしたことも言わない。いずれ康代から話を聞くだろう。

「つれない男よ。おまえは膝を抱いて寝るのが似合《にお》うてる」

「あ、そう」

鶴谷は煙草を喫いつけ、天井を指さした。

「二人は上か」

きのう、豊中から大阪市内に戻る途中で電話をかけた。

山藤とのやりとりの詳細は語らなかった。白岩なら声を聞けば結果がわかる。その電話で、辛島と水沼をひと晩預かってくれるよう頼んだのだった。

てっきり白岩のマンションに運ぶものと思っていたが、一時間後に花房組で預かるとのショートメールが届いた。

「ああ。昨夜から和田が一緒や」

「助かった」

「なんの。で、二人をどうする」

「これから辛島を東京に運ぶ」

白岩が頷いた。

「そうすると思うて、契約に必要なものは用意させた」

深夜に辛島の自宅へ行き、実印などを持って来たという。

「すまんが、水沼はあすいっぱい預かってくれ」

「お安いご用よ」白岩が頬を弛めた。「野郎は信用できんか」

「誰も信用してない。とくに水沼は……永田町の垢が染みついたやつは油断ならん。隙を見せれば寝首をかかれる」

白岩が声を立てて笑い、すぐ真顔に戻した。

「用心せぇ」

「ん」

「きのうの夜、稲川が豊中を訪ねた。一時間ほどで帰ったそうや」

「まだ監視しているのか」

「おまえが新幹線に乗るまでや」白岩がお茶で間を空ける。「山藤はどうよ」

「わからん」

正直に言った。

――こんなまねをさらして、ただで済むと思うか――

山藤の恫喝は鼓膜に残っている。

ただの捨て台詞とは思っていない。何をするかわからない不気味さもある。それでも、土地売買の契約は何事もなく完了すると確信している。

白岩が首をひねった。

不安なのか。いやな予感がするのか。

鶴谷は間を空けたくなかった。

「世話になった」

ジャケットの内ポケットの封筒を取りだした。百万円が入っている。

「これは気持や。皆を労《ねぎら》ってくれ」

白岩が封筒を手にした。

「有馬か、雄琴《おごと》か。和田らはどっちがよろこぶやろ」

有馬は赤湯で有名な有馬温泉、雄琴温泉はソープランドの聖地ともいわれる。

「両方、行かんかい」

「たまにはええこと言うのう」

「ひと言多いわ。おまえの報酬は後日、振り込む」

「たのしみや」

白岩がにんまりとした。

頬の古傷が開きそうだ。

「そろそろ行く。辛島を呼んでくれ」

白岩がサイドテーブルに手を伸ばし、固定電話の受話器を摑んだ。

「辛島を連れてこい。やつの荷物も一緒や」

命じて受話器を戻し、足元の紙袋をテーブルに載せた。

「サバとアシアカや」

アシアカエビは関西地方で使うクマエビの別称である。

紙袋に〈たこ竹〉の文字がある。

頰が弛んだ。

——お仕事がおわったら、わたしを呼んで。うわさの棒鮨を食べたい——

菜衣との約束を失念していた。

土産では満足しないような気がする。それでもよろこぶだろう。

★　★

東和地所本社の応接室には四人の男がいた。

帝都電鉄の宮内専務と東和地所の杉江専務。ほかは見知らぬ顔で、二人とも緊張した表情で書類を見ていた。契約の実務を担当する者らだろう。

鶴谷は目でうながし、東原工機の國村とＫＡ企画の辛島を前に立たせた。

杉江が笑顔で二人に声をかける。

「本日はありがとうございます。辛島様は遠路、ご苦労様でした」

宮内に勧められ、國村と辛島がソファに座った。

それを見届け、鶴谷は部屋を出た。

杉江が追ってくる。

「お帰りになるのですか」

「俺の仕事はおわった」

「では、暫時お待ちを。用意したおカネを運んできます」

成功報酬は現金で受け取る。仕事を完遂したと実感する一瞬である。依頼した企業側も現金渡しのほうが都合がいい。裏金で処理できる。

「契約が無事に完了したら連絡をくれ。取りにくる」

「律儀な……」

杉江が目元を弛めた。

エレベーターで一階に降りた。

木村が近づいてきた。こちらも笑顔だ。

「お疲れ様でした」

頷き、玄関へむかう。

「よう頑張ってくれた。今回も皆に助けられた」

「自分らも仕事です。今回はそれを思い知らされました」

「ん」

「まだまだ信頼が足りないようです」

言って、木村が肩をすぼめた。

「どういうことや」

「辛島は逃亡したと」

鶴谷は目をまるくした。木村がガキに見え、吹きだしそうになる。

「おまえは自分がやることを忘れたのか」

「どういう意味でしょう」

「辛島のオフィスに盗聴器を仕掛けろと言うたのはどこのどいつや」

「………」

木村があんぐりとした。すぐに表情が弛む。

「腹が減った。すこし早いが、昼飯を食おう」

「はい」
木村が声をはずませた。
玄関の階段を降りた。
人が行き交う路上には陽光があふれていた。
路肩に黒のアルファードが停まっている。
木村が扉を開け、顔をむける。
「あっ」
声を発し、木村が抱きつこうとする。
鶴谷は両手でそれを弾き返し、ふりむいた。
男が近づいてくる。
松井組舎弟の稲川が腰をおとした。
乾いた音がした。
胸に衝撃を受けた。
四方から悲鳴があがる。
「鶴谷さん」
遠のく意識の中で、木村の叫び声を聞いた。

老女が胸の前で両手を握りしめている。

支えるように、四十年輩の女が老女の両腕に手のひらをあてている。

「生きろ。わいをひとりにするな」

つぶやき、白岩は集中治療室を離れた。

「中に入らないのですか」

声をかけ、木村が肩をならべる。

白岩は首をふった。

心は泣いている。

――鶴谷さんが撃たれました――

木村から報せを受けた。

あのとき、声がでなかった。身体がふるえ、頭の中は真っ白になった。

東京へむかう新幹線の車中では呆然としていた。車窓の風景の中に鶴谷と過ごした日々がうかんでは流れ去った。

★　★

集中治療室に入り、間近で友の顔を見ればどうなるか。想像もつかない。顔を見るのが恐くもある。二人の女を見つめているうち奇妙な安堵感がめばえた。

鶴谷のためにひたすら祈る人がいる。それが気持を落ち着かせた。

「あの老女は誰や」

「今回の功労者です」

「きれいな人は」

「…………」

木村が言葉をさがしている。

一階ロビーの待合室には大勢の人がいた。まもなく午後四時になる。

「あの人は運が強い」木村がしみじみと言う。「わずか数ミリ……銃弾が肋骨をかすめなければ、肺を直撃していたそうです」

「…………」

白岩は無言で病院の出入口へむかった。

──あの人を護れなかった……悔しいです──

病院で顔を合わせたとき、木村はそう言って涙を流した。

鶴谷は後悔してない。白岩は胸で答えた。

人生も人の命も薄皮一枚を隔てて明暗が分かれる。

鶴谷は身を以てそれを実感している。鶴谷に強運が備わっているとすれば、そばにいる人々を気遣って生きてきた賜物だと思う。

犯行時の状況は木村から聞いた。

庇おうとする木村を、鶴谷は突き飛ばしたという。とっさの行動は本能やひらめきなどではない。常日頃から心の準備ができていた証である。

おかげで鶴谷は己の命も取り留めた。

そんなふうにも思える。

そとに出た。

ふいにうかんだことが声になる。

「稲川は逃げなかったのか」

「ええ。自分は気が動転してやつを見なかったのですが、警察官が駆けつけるまで、路上に突っ立っていたそうです」

「…………」

かるいめまいを覚えた。

一発しか撃たなかった。そういうことなのか。

だとすれば、憎悪の凶行とは異なるような気がする。
頭をふり、白岩は天を仰いだ。
青空にぽつり、白い雲の塊が陽光を浴びて輝いていた。

この作品は書き下ろしです。原稿枚数400枚（400字詰め）。

# 捌《さば》き屋《や》　盟友《めいゆう》

## 浜田《はまだ》文人《ふみひと》

平成30年6月10日　初版発行

発行人——石原正康
編集人——袖山満一子
発行所——株式会社幻冬舎
〒151-0051東京都渋谷区千駄ケ谷4-9-7
電話　03(5411)6222(営業)
　　　03(5411)6211(編集)
振替00120-8-767643

印刷・製本—図書印刷株式会社
装丁者——高橋雅之



幻冬舎文庫

ISBN978-4-344-42750-1　C0193　は-18-13

幻冬舎ホームページアドレス　http://www.gentosha.co.jp/
この本に関するご意見・ご感想をメールでお寄せいただく場合は、
comment@gentosha.co.jpまで。